12. 09. 2014
Tibériade

Histoire d'un appel

DU MÊME AUTEUR

Ô ma joie, Christ est ressuscité ! Pour le troisième millénaire, un chemin de lumière, Éd. de l'Emmanuel, 1999.

Frère Marc
Fraternité de Tibériade

Histoire d'un appel

Éditions de l'Emmanuel / Tibériade

Imprimatur.
† André-Mutien Léonard,
évêque de Namur,
le 14 février 2009.

Crédits photographiques :
Esprit-Photo.com : 1re page de couverture, pages 47, 77, 93, 120, 141, 198, 199, 202, V, XI, XII.
Floris : page 98.
Vincent Bourrelly : VI.

37, rue de l'Abbé-Grégoire, 75006 Paris

ISBN 978-2-35389-068-2

À mes frères et sœurs de Tibériade présents et à venir.

À tous les proches de la Fraternité.

À mes parents et à toute ma grande famille.

Viens, ma toute belle,
ma colombe !

Préface

En lisant cette *Histoire d'un appel,* je me suis senti interpellé par la fraîcheur de l'Évangile. Chacun de nous aspire à la fraîcheur, et l'Évangile sait répondre à cette aspiration. Notre culture occidentale actuelle risque de nous dessécher et, si nous voulons transmettre la foi, nous devons aller à la source de cette foi et chercher un contact immédiat avec elle, dans l'émerveillement et l'audace. L'histoire de Tibériade frappe par la fraîcheur. Ce que certains pourraient taxer de naïveté est en réalité dicté par l'Évangile : « Regardez bien les oiseaux du ciel, observez les lis... », « N'empêchez pas les enfants de s'approcher... » Une pareille confiance n'a jamais empêché un sens réel de la responsabilité.

Dans ce livre, deux passages m'ont ému. D'abord celui où le frère Marc raconte comment l'amour pour une jeune fille s'est éveillé en son cœur, mais aussi comment une nuit pascale lui a fait comprendre que le Christ – ce Ressuscité qu'on célébrait – ne cesse pas d'appeler et que dans son Église la vie à sa suite continue. Quitter ce qui nous paraît le plus précieux, quitter même une fiancée très aimée, cela peut encore arriver « à cause du Christ », et il arrivera également que, selon sa parole, un centuple soit donné à la place. Ainsi, frère Marc a reçu l'Église comme épouse à aimer.

Le lecteur moderne peut trouver cette logique trop rapide. Pour ma part j'y vois plutôt une vérité profonde. Il faut souligner que c'est le Christ ressuscité qui appelle, lui qui ne veut pour nous rien d'étriqué, mais nous rend participants de sa vie. Un célibat pour lui réclame toutes nos facultés d'aimer et prend donc nécessairement un caractère nuptial, de don de soi. En plus, s'il est vrai que nous ne pouvons aimer le Ressuscité sans aimer l'Église, cet amour pour l'Église ne pourra jamais s'arrêter aux aspects trop périssables, trop étroits, mais ira vers ce qui est au cœur d'elle. Un regard nouveau découvrira en elle celle que le Christ revêt de sa beauté.

Dans le récit que frère Marc fait de sa vocation, il y a un endroit où l'on pressent le fond de cette simplicité qui caractérise sa communauté. Il a dû passer par « le creuset », comme il dit. C'est cet autre passage qui m'a autant touché. Si de cette extrême épreuve frère Marc parle avec beaucoup de discrétion en se gardant bien d'accuser quiconque, on devine pourtant que c'est d'elle que sont venues la solidité et l'authenticité de cette communauté. Le fondateur a touché le sol nu, le roc. Il a tenu bon.

Tout dans ce livre est simple. Mais il ne faut pas se méprendre sur la façon dont la simplicité est vécue. S'abandonner à la Providence, certes, mais qu'entend-on alors par Providence ? Le mot heurte parfois, car on a fait croire souvent que ceux qui sont suffisamment vertueux peuvent être sûrs que Dieu arrangera tout pour eux comme ils le souhaitent. Frère Marc a un autre langage. Il utilise une admirable formule, très ramassée : « La grande Providence est le don de ta vie. »

La prévoyance de Dieu agit là où nous prenons les risques de notre engagement en étant prêts à partager tout ce que nous avons reçu. En partant au loin, en Lituanie, au Congo, en Asie, les frères et sœurs de Tibériade ont accepté une extrême pauvreté de moyens et ils ont fait de la confiance que demande cette pauvreté un instrument d'universalité.

En lisant cette *Histoire d'un appel*, il faut se laisser attirer par la fraîcheur de cette aventure. Car là où l'Évangile retrouve sa fraîcheur, l'Esprit Saint est à l'oeuvre.

Frère François*, de Taizé,
En la fête de la Présentation de Jésus au Temple,
le 2 février 2009.

* Frère François faisait partie du groupe des premiers frères que frère Roger a rassemblés à Taizé. Il a accompagné beaucoup de jeunes frères durant leur noviciat. Il est un sage humble et expérimenté, toujours émerveillé de ce qui surgit au cœur de l'Église. Il continue encore aujourd'hui son ministère d'écoute.

Introduction

Depuis longtemps, les frères et les sœurs me demandent de raconter l'histoire de ma vocation. Cette fondation de Tibériade est liée à mon appel. Aujourd'hui, je suis encore très étonné de ce que le Seigneur m'a fait don de si bons frères et sœurs, moi, si pauvre et ordinaire. Cela pour me dire : tout vient de Dieu, tout va à Dieu.

À l'intérieur de moi-même, un appel a sans cesse habité mon cœur :

– donner à l'Église une petite bande de frères et sœurs joyeux et dociles à l'Esprit Saint ;

– offrir à l'Église une petite famille tout évangélique, très simple, très humble ;

– recevoir quelques frères unis au Christ qui pourront s'aimer dans une grande charité, pour vivre ensemble, diffuser le parfum de l'Évangile et en vivre de manière très souple et légère ; répandre toute la fraîcheur de l'Église, au-delà des tensions ou polémiques, livrer son trésor de bon sens, sa lumière, livrer toute l'expérience de ses saints et des gens ordinaires, de ses grands témoins ;

– vivre et goûter déjà un peu de la senteur du Royaume de Dieu sur cette terre ;

– avancer joyeusement et sans crainte vers l'éternité, sachant que nous récolterons ce que nous avons semé ; essayer de donner à mes frères de bien vivre ce passage sur terre, d'y vivre avec le Ressuscité ;

– consentir à l'abaissement pour que le Christ soit élevé. Qu'il brille sur nos visages par l'espérance qui nous attend ; qu'il brille sur nos visages par la vraie charité et l'humilité. « À ceci, tous vous reconnaîtront pour mes disciples : à l'amour que vous aurez les uns pour les autres » (Jn 13, 35).

J'ai rassemblé ici une petite partie de mon histoire vécue d'année en année, en de petites paraboles, des événements. Il y a bien des moments que je n'ai évoqués que brièvement car ils sont trop récents.

Peut-être ce récit pourra-t-il montrer combien le Seigneur peut se servir de quelqu'un de bien ordinaire pour manifester que c'est lui le Maître d'œuvre ; c'est son œuvre. Il se sert de notre humanité, de nos limites, de nos dons, de notre caractère, du contexte familial, de notre sensibilité... Avec le Christ, tout peut servir pour donner un caractère propre à une fondation. Ce qui m'a beaucoup aidé, ce fut de recevoir une grâce de persévérance au-delà de toutes les difficultés, des incompréhensions, des moqueries même. Cette persévérance a été un don de Dieu. Une petite voix intérieure me disait doucement : « Continue, continue, patience... » Si l'Église m'avait dit d'arrêter, je l'aurais fait, mais toujours elle a laissé faire ; on verra... si c'est de moi uniquement, ça tombera ; si c'est de Dieu, avec lui ça naîtra !

Ce récit, c'est à mes frères et sœurs présents et à venir que je l'offre, à ceux qui ont fait un bout de chemin ici, à tous ceux qui m'ont conseillé, soutenu et à tous les priants. Sans leur présence, il n'y aurait pas eu de fondation. Leur confiance, leur réponse à l'appel de Dieu me touchent profondément. C'est bien sûr d'abord le Christ qu'ils suivent, mais ils se sont reconnus dans cette aventure, dans ce style de vie, dans ce projet évangélique, et cela m'a été source de grand encouragement. J'en suis encore tout étonné.

Première partie

L'appel

1

En route vers la Terre promise

« Oh, les enfants ! On part ! »

C'est samedi, la grosse voiture Plymouth des années soixante est garée devant la maison d'Auvelais, petite ville du Borinage, entre Namur et Charleroi. Mamy et Yvonne, qui est servante de la maison, remplissent le coffre... Il reste juste de la place pour coincer la casserole de soupe bien fermée. Papa est déjà dans la voiture, fume un gros cigare et attend; enfin, on y va. Mamy crie et rassemble sa troupe : Benoît, Étienne, Martine, Marc, Daniel, Charlotte, Françoise, Christophe... Mamy sort de la voiture : elle a oublié le beurre ou autre chose...

Enfin, nous voilà tous embarqués, comme chaque samedi, pour Lavaux-Sainte-Anne. comme nous sommes très serrés, l'un ou l'autre s'assied sur les genoux de Mamy. En hiver, elle porte un gros manteau de fourrure en poils drus; cela nous pique gentiment. Le voyage vers Lavaux est parfois pénible : dans la voiture, l'un ou l'autre a mal au ventre, un autre suce son pouce, un autre aussi a besoin de faire pipi : « Tu attendras cinq minutes... » Bon, ça fait un voyage d'une heure en voiture. À Beauraing, on s'arrête. Papa descend quelques minutes pour acheter de la bonne charcuterie que l'on mangera le soir avec la soupe. Passant devant la statue de la Vierge Marie apparue à Beauraing, papa salue la Vierge en enlevant son chapeau foncé tandis que nous sommes invités à dire ensemble un Je vous salue Marie.

À ma naissance, mes parents avaient acheté à Lavaux-Sainte-Anne un ancien moulin qu'ils avaient retapé, lieu magnifique au bord de la rivière, près du vieux château. Dans dix minutes, nous y serons. Nous roulons sur la longue ligne droite de Focant et puis nous voyons à droite le panneau : « Lavaux-Sainte-Anne : 3 km ». Nous longeons une forêt de sapins et, dans un grand zigzag, nous passons devant la ferme rose de la Comogne. Arrivé au sommet, on distingue déjà la plaine avec le château et ses deux grosses tours du Moyen Âge. Nous traversons le petit pont de pierre ; nous y voilà. La voiture passe sur les graviers au-devant de la maison.

Chacun saute de la voiture comme des sauterelles. « Eh, déchargez la voiture ! » Et tout le monde de prendre une valise, une casserole, un aspirateur... Dans le garage, c'est la recherche d'un vélo

Le vieux moulin de Lavaux-Sainte-Anne.

avec des pneus non crevés. Quand chacun a trouvé son vélo, c'est la dispersion immédiate en tous sens. C'est la balade auprès de la rivière, les frères aînés qui vont à la pêche ou d'autres qui traversent le pont de fer qui surplombe la Wimbe, une nerveuse petite rivière à truites. Plus loin encore, derrière le moulin, d'autres s'avancent vers le grand bois. Et, lorsqu'on est de retour, on voit de loin toute la plaine avec l'arrière du vieux château. Les plus casse-cou descendent à toute vitesse le chapitia[1]. Les plus petits restent dans le garage, tout penauds de n'avoir pu trouver un vélo potable.

Oui, partir à Lavaux-Sainte-Anne au congé du samedi après-midi, j'y aspirais toute la semaine alors que j'étais à l'école primaire

1. Nom donné en wallon à cette petite descente rapide située tout près du vieux moulin.

à Auvelais, petite ville de la Basse-Sambre. Ces week-ends à Lavaux-Sainte-Anne sont les plus beaux moments de mon enfance. Toutes les vacances de Noël et les grandes vacances, nous les passions là. Papa, lui, faisait la navette chaque soir pour nous rejoindre. Nous partions en balade l'attendre. Derrière le château, nous allions jusqu'à la ferme du Petit-Foy et guettions la voiture.

Pour nous occuper, nous avions pas mal d'activités l'été. Nous allions à la fenaison chez Alexandre Legrand, un cultivateur dont la fille Yvonne travaillait à la maison, pour aider notre mère dans sa rude tâche d'éduquer et de nourrir huit garnements. Et là, c'était notre joie de partir en chariot charger du foin à la fourche. Il n'y avait pas encore de petits ballots carrés, encore moins de gros ronds. Le chariot était tiré par deux gros chevaux ardennais très forts. Alexandre leur badigeonnait la queue avec du puant[2] pour chasser les mouches qui les auraient rendus trop nerveux.

Nous montions sur le foin qui s'empilait. L'après-midi, toute l'équipe s'arrêtait et, adossés aux grosses roues de bois du chariot cerclées de fer, nous écoutions la fin de l'étape du tour de France commentée par Luc Varenne. C'était un moment de grand silence… L'étape terminée, chacun s'en retournait de plus belle en discutant encore sur le maillot jaune. On remontait sur la charrée, ayant fini de ramasser les quelques lignes de foin.

Un des fils d'Alexandre coiffait la charrée de foin avec la fourche et une grande perche de bois était posée au-dessus pour bien presser le foin. C'était une grande joie de pouvoir rester au-dessus de la charrée, de voir tout le village de haut et de le traverser.

À l'arrivée près de la ferme, il y avait un dernier talus à monter pour être à raz du fenil et décharger le foin. De l'eau citronnée nous attendait avec une épaisse tranche de pain. Je regardais souvent le jambon fumé pendu au plafond. La femme d'Alexandre comprenait vite notre désir et nous coupait une tranche de ce bon jambon salé.

La rivière

Le jardin du moulin est bordé d'une rivière, la Wimbe, qui est un des charmes du village. En été, nous allions y faire de gros

2. Un liquide à l'odeur nauséabonde.

barrages avec des galets bien lisses. C'est tout simple mais l'eau, la force de l'eau qui avance toujours, claire et belle, a toujours fasciné les enfants. Et pêcher était aussi une activité possible. Ainsi, nous mettions du pain dans une bouteille transparente dont le fond avait été défoncé, et une corde traversait la bouteille que l'on bouchonnait. Nous lancions la bouteille le plus délicatement possible dans le lit de la rivière et des petits poissons, des vairons, y pénétraient. Parfois il y en avait des dizaines. Je retirais la bouteille pleine de

Le jardin du moulin, bordé par la Wimbe.

vie… et sortais les poissons par le goulot de la bouteille, sorte de petite nasse. Des centaines de petits poissons ont été ainsi pêchés. Je les vendais deux francs pour les pêcheurs à truites ou nous faisions une petite friture de poissons à la poêle. Pêcher à la canne m'était plus difficile : j'emmêlais souvent le fil et l'hameçon à des souches d'arbres bordant la rivière. Mais quelle joie le jour où j'ai pêché ma première truite ! Je n'en revenais pas d'avoir attrapé un si gros poisson. J'avais peut-être dix ans. Joie de l'offrir à papa, le soir, de retour de son travail. Un jour, j'ai aussi attrapé un poisson par la queue et cela sans appât : il y avait juste l'hameçon. Un qui s'est fait prendre par accident !

Y a-t-il du soleil ?

Le matin, c'était toujours la question : « Y a-t-il du soleil ? » C'était déterminant pour les activités de la journée. Je logeais dans une chambre où il y avait des tentures jaunes qui me donnaient toujours l'impression que le soleil était là. Nous déjeunions sur une grosse et longue table de chêne que le menuisier du village avait faite sur mesure. Elle avait douze places. En été, la grande porte du moulin était ouverte et un soleil du matin pénétrait la maison. De la table, je voyais toute l'animation du village.

Pipo

Mon animal favori était un petit cobaye, un cochon d'Inde femelle qui s'appelait Pipo. Un jour, elle me fit six petits et j'aimais les regarder dans le jardin suivre leur mère. Pipo me suivait avec ses petits. Un jour, par mégarde, un des petits fut écrasé sous mon pied. Ce fut un drame. J'avais beau souffler dessus, il ne revivait pas. Je demandai à mon papa, médecin, s'il ne pouvait lui faire une piqûre

Christophe, le dernier de la famille, avec Pipo dans le jardin de la maison familiale d'Auvelais.

pour le guérir. Il était mort. Alors, avec mon frère Daniel nous avons enterré le petit cobaye en faisant un enterrement. Il était dans une boîte d'Ovomaltine portée en brancard par mon frère et moi-même, sonnant une cloche et chantant des cantiques que nous inventions. Nous avons fait un trou, déposé le cercueil et l'avons recouvert d'un monticule de terre. Nous y avons planté une croix et déposé quelques fleurs. Nous nous sommes recueillis comme on voyait les grands le faire dans les vrais cimetières.

Des cabanes

Mon jeu favori était d'arranger des cabanes dans le bief[3] du moulin ou derrière la maison, dans un vieux réservoir d'eau qui servait anciennement à faire tourner les roues du moulin. Cette petite pièce était juste à notre hauteur d'enfant.

Un jour, René Bernier, qui travaillait pour mon père, me propose d'aller voir un petit pavillon de chasse au fond du village. Le bois avait été coupé, défriché, et était devenu une pâture. Avec René je m'embarque dans une vieille voiture comme on en voit dans les bandes dessinées (une Citroën avec deux gros phares) et je découvre ce pavillon vert au milieu d'un petit bosquet de chênes...

Françoise, une des trois sœurs de frère Marc, dans un transat à l'entrée de la cabane.

Le petit coin de prière dans la cabane.

3. Canal amenant l'eau sur la roue d'un moulin.

J'étais émerveillé de voir cette petite cabane, avec un vrai toit, une porte, une fenêtre, une table… Dans le poêle à bois, il y avait une réserve de glands et de noisettes qu'un écureuil avait accumulés.

Depuis la découverte de ce petit pavillon du Bois du Charnet[4], chaque week-end et pendant les vacances, j'y passerai des heures à jouer, à remettre en couleur, à faire des petits feux et à rôtir des tartines, à inviter mes frères et sœurs à un petit goûter… J'y ferai un petit coin de prière avec une potale[5], une statue de Marie et un bougeoir. J'aimais y prier comme tous les enfants catholiques du monde.

Les dictées sur le tableau

Classe de 6e primaire à 12 ans. Dans la rangée du haut, frère Marc est le deuxième à partir de la gauche.

Le dimanche après-midi, il fallait retourner à Auvelais. Ce m'était dur de rentrer dans la voiture et de quitter le village de Lavaux-Sainte-Anne.

La semaine c'était l'école, et c'était très pénible. J'avais bien du mal à étudier. Il me fallut même doubler en primaire ; c'était très

4. Nom du lieu-dit.
5. Niche contenant une statuette.

humiliant. Je recevais des cours particuliers qui me donnaient encore plus horreur de l'école. Tout cela manifestait un grand amour de mes parents. J'ai même eu une religieuse de la Providence qui me donnait des cours supplémentaires avec tant de gentillesse ! Elle me montrait ses plantes vertes, fleuries ; elle me donnait des boutures ; elle m'apprenait à écrire presque sans faute, avec une telle patience...

Et puis, à l'école Saint-Joseph d'Auvelais, je rêvais sans cesse de cette cabane. Quand il y avait du soleil et que j'entendais chanter les oiseaux derrière les vitres, je me voyais davantage dans la rivière ou à bricoler dans la cabane. Mon supplice, c'étaient les dictées du vendredi que l'on faisait derrière le tableau noir et qu'on retournait ensuite devant toute la classe. Qu'est-ce que j'avais de fautes ; j'en suais des gouttes ! Pas une erreur n'échappait au regard de mes condisciples. Mais je me disais : « Allons, demain soir je serai à Lavaux et ce cauchemar sera oublié... »

Je serai prêtre

Il y avait aussi le catéchisme de la paroisse que nous recevions tous les mercredis dans une gentille famille italienne. Ce sont eux qui me préparèrent à ma profession de foi et à ma confirmation. J'avais douze ans quand l'évêque est venu dans notre grande église d'Auvelais. Nous étions tous très impressionnés devant l'évêque qui nous imposa les mains... Quelque temps après ma confirmation, alors que je feuilletais le missel que j'avais reçu comme cadeau, je m'imaginais bien devenir prêtre, me donner au Seigneur... comme d'autres deviennent docteurs. Cela m'habitait très naturellement : eh oui, un jour, je serai prêtre. Je ne connaissais pas la vie religieuse. Pour moi, être prêtre était, à l'époque, la seule façon de servir le Seigneur.

J'aimais servir la messe en semaine et le dimanche. Jamais je n'en ai manqué une. Cela, je le dois à la vigilance de mes parents. Ma mère, plus d'une fois, manifestait sa foi, la force de la prière, quand elle priait à genoux pour mes frères aînés en examens universitaires... Ou mon papa quand il nous faisait visiter des monastères et des belles églises de France. C'était impressionnant, ce silence, le visage des moines... Et le soir, tous ensemble, dans la grande chambre où nous dormions, tous les garçons à genoux, nous disions un Je vous salue

Marie et un Notre Père. Notre maman disait quelques intentions qui étaient souvent : « Aimez-vous les uns les autres, pardonnez-vous les uns les autres… » Papa, en pyjama, plus pudique, restait un peu derrière, laissant faire son épouse, fier de cette ribambelle d'enfants encore assez sages à la prière… Mais la prière à peine terminée et la porte fermée, c'étaient bataille d'oreillers et sauts de mouton, de lit en lit, jusqu'à ce que la porte se rouvre, et chacun, comme une souris, s'engouffrait dans son lit.

Quelques farces d'enfants

Avec mon frère Daniel, nous aimions faire des farces, cachés derrière la haie. Nous avions de vieilles seringues de papa, remplies d'eau, et, par un trou dans la haie, nous éclaboussions les pieds des passants qui, surpris, cherchaient la source de cet arrosage. Cela nous faisait rire jusqu'au jour où nous fûmes découverts et que nos parents furent prévenus de ce jeu…

Notre maison d'Auvelais était située au bord d'un trottoir, pas loin de la gare qui permettait à beaucoup d'ouvriers et d'employés de rejoindre leur usine. Alors, un jour, ayant découpé les feuilles d'un annuaire téléphonique, nous les avons distribuées à tous les passants. Beaucoup se demandaient ce qu'étaient ces papiers. D'autres étaient attirés par la foule qui se ruait sur nous pour recevoir ces feuilles qui ne voulaient rien dire… Alors les passants se mettaient à rire ; d'autres, vexés, s'en allaient en nous lançant quelques jurons.

Pendant l'absence de nos parents, nous avions la joie de choisir, au hasard, un numéro de téléphone. Nous racontions à celui qui décrochait le téléphone quelques bêtises toutes gentilles. Cela nous faisait rire à mourir… et sauter sur le divan devant cette espièglerie qui marchait bien.

À quinze ans

D'année en année, ma petite cabane dans le bois m'attirait. Je ne pouvais pas venir un week-end à Lavaux-Sainte-Anne sans y aller. J'avais décidé de l'agrandir. Aussi, avec une houe et une bêche, je commençai à creuser péniblement les fondations. La cabane était entourée d'énormes chênes. À la hache, couper une grosse racine de chêne me prenait deux heures. Les fondations creusées, un gros orage en fit un petit étang ; toutes les eaux s'y étaient mises. J'étais désolé. Alors le garde forestier me conseilla d'aller un peu plus haut, au bord d'un chemin, pour construire un autre pavillon qui serait moins humide et plus facile d'accès : un hectare de bois n'avait pas été mis à blanc. J'acceptai la proposition, même si ce m'était difficile d'avoir travaillé plus de quinze jours pour rien, avec en plus des grosses ampoules aux mains, et surtout d'abandonner ce bosquet avec la cabane.

Je quittai ce bosquet pour en recevoir un plus grand. Ainsi, avec ma sœur Martine, je me mis à chercher un endroit favorable, pas

Vue sur le Bois du Charnet et la vallée du village de Lavaux-Sainte-Anne.

trop près de la route, avec une belle vue et une orientation lumineuse. Il y avait aussi une autre condition : trouver un endroit avec le moins d'arbres possible, afin de ne pas avoir trop de mal avec les souches lorsque nous ferions les fondations. L'ayant trouvé, je me mis au travail. Ma sœur m'encourageait. Au bout de quelques semaines, nous pouvions couler le béton dans les tranchées. Elles faisaient 3 mètres sur 8. Pour la suite, même le garde forestier de notre famille vint m'aider à mettre les blocs de béton. À la fin des

L'Abbé Forthomme avec Françoise et Christophe.

Le nouveau pavillon terminé.

vacances, le toit était posé. J'avais l'impression d'avoir construit avec une grande facilité, comme le petit ours Pezzi[6] son navire. Alors, pendant plusieurs années, je suis venu travailler à ce petit pavillon pour le plafonner, le crépir… Pour faire le cimentage, j'allais chercher l'eau à la source, devenue aujourd'hui un baptistère. Je faisais les trajets à vélo, avec deux petits bidons bleus que j'attachais de chaque côté de mon guidon.

Chaque fois que je voyais un chantier, je demandais des conseils aux maçons pour savoir comment plafonner de manière rustique les blocs de béton, connaître la résistance des bois, leur capacité de portée, et je notais cela. C'est ainsi que j'ai pu paver ma première petite cabane de pierres bleues extraites à Wellin, une petite ville voisine. Un cultivateur était venu avec moi les chercher à la carrière.

René et frère Marc : construction du feu ouvert.

Chaque année, je réalisais un petit projet. Je tenais à construire, dans un coin de la petite maison, un feu ouvert. Avec René, nous avons fait un magnifique feu ouvert avec des pierres. À côté du feu, j'avais placé un beau Christ d'un artiste de la région. Une dame du village me l'avait offert. Ce Christ était important pour moi. Sans

6. Héros de livres pour enfants.

cesse, je me demandais ce que Dieu voulait de moi. J'avais seize ou dix-sept ans quand l'idée de fonder une famille m'habita de plus en plus, même si je n'avais pas oublié mon appel à douze ans. À cette époque, je voulais me réserver pour une future épouse ; je rêvais de l'avoir à mes côtés et de passer des heures à regarder ensemble la beauté du feu éclairant nos visages…

Dans le pavillon, j'avais construit un lit pour moi et j'avais prévu un espace pour elle. Je pensais que, lorsque je serais marié, je pourrais y ajouter dix planches pour élargir mon lit duquel je verrais flamber les bûches, mon épouse à mes côtés. Je priais bien souvent à cette intention pour y voir clair.

Alors que j'étais découragé et impatient de la trouver, je partis chez Léona, une vieille dame du village. Elle me dit deux petits proverbes de sagesse qui sortaient de son cœur. D'abord : « Tout tombe à point pour qui sait attendre. » Oui, bien souvent, c'est le temps lui-même qui donne réponse à nos attentes ! Et puis un autre proverbe, plus rural : « Tout pot trouve son couvercle ! » C'est que, dans le temps, on gardait les pots de confiture avec leurs couvercles respectifs afin de les remplir de confiture faite à la maison. Léona et sa voisine Laure m'avaient également appris à faire de bonnes tartes.

Je voyais bien l'une ou l'autre jeune fille mignonne durant les vacances en Provence, mais je voulais une fille profonde, une fille de foi.

Tu iras jusqu'au bout

Pendant que je continuais mes humanités péniblement, j'eus, une année, la chance d'avoir des grandes vacances complètes. Bien souvent, il me fallait représenter des examens de passage et j'avais des leçons particulières pour être soutenu. Mais cette année-là, j'étais recalé, complètement pété comme on dit chez nous ! Ma seule consolation était d'avoir enfin des vacances complètes.

Mes études gréco-latines, je voulais les arrêter tant c'était dur pour moi. Mais mon père, avec force et détermination, me disait : « Tu iras jusqu'au bout de tes humanités et puis tu feras ce que tu voudras. Mais en attendant, continue. » C'était clair et net… et je le remercie aujourd'hui de ne pas avoir démissionné trop vite devant ma demande. Cette attitude forme le caractère et la persévérance.

Aujourd'hui, mesurant les conséquences de l'enfant-roi qui mène ses parents, on en revient petit à petit au même bon sens…

Je dus faire trois collèges pour terminer mes humanités : Auvelais, Gentinnes et Burnot, près de Namur. J'ai quelques beaux souvenirs du collège de Gentinnes tenu par les Pères du Saint-Esprit. Il y avait une belle chapelle dédiée aux martyrs de Kongolo, missionnaires tués atrocement au Congo. Il y avait dans cette église une belle statue de Marie offrant l'Enfant, et aussi un Christ de gloire ressuscité, au-dessus de l'autel. À l'entrée de la chapelle, une autre sculpture : un jeune missionnaire à genoux, ouvrant largement ses mains, comme tout vidé de lui-même, tout livré. La beauté de ces quelques sculptures me donna l'envie plus tard d'être sculpteur.

À l'internat, ce n'était pas toujours triste. Il y avait des grenouilles dans l'étang : on les attrapait et on les mettait dans les bancs. En classe, c'était l'occasion de les ouvrir durant le cours et de détendre l'atmosphère.

Un jour où j'avais une grosse interrogation de mathématique et où je ne m'en sortais pas avec les questions, je feignis de tomber dans les pommes. Je me trouvais gisant par terre, blanc de peur d'avoir fait semblant. Le professeur prit au sérieux mon malaise et me fit conduire, soutenu par deux condisciples, dans ma chambre. Étendu sur mon lit, j'étais un peu gêné mais soulagé.

Nous avions un Père professeur de géométrie qui avait l'art de nous faire rire, tant il était cocasse, chaussé d'énormes bottines qui faisaient du bruit dès qu'il marchait. Un jour, j'avais remplacé toutes les craies du tableau par des suppositoires saupoudrés de poussière de craie. Quelle ne fut pas sa surprise quand, au bout d'une corde, il prit le suppositoire pour faire un cercle et tracer le rayon. Le suppositoire lui glissa des mains. Ce fut le fou rire général ; je n'en pouvais plus de rire. Lui se demandait de quelle craie il s'agissait !

C'est là aussi que j'appris à me confesser régulièrement et à passer quelques minutes en silence dans la chapelle.

Le collège ferma ses portes et je repris mes études à Auvelais, au collège Saint-André. Oui, ce fut très dur de terminer. Tout me paraissait difficile à étudier. Heureusement, j'avais ma petite cabane dans les bois que j'agrandissais d'année en année. Pour acheter quelques matériaux, je fabriquais des bougies que je vendais au porte-à-porte. Cela faisait la honte de mon père qui m'avait dit de me débrouiller pour acheter tous ces matériaux de construction.

Vente de bougies

Depuis quelques mois, à la maison, on préparait une grande soirée pour les vingt ans de ma sœur Martine. Du beau monde était invité. C'était une tension à la maison pour la bonne réussite de la soirée. Pour moi-même on avait acheté un smoking... C'était très chic ! Les amies de Martine arrivaient avec leur longue robe de soirée.

Deux mois avant, je m'étais préparé à réaliser de magnifiques grosses bougies que je comptais proposer durant la soirée. J'avais fait des paquets de quatre bougies et les avais placés discrètement au vestiaire.

Durant toute la soirée, comme fils de la maison, je dansai avec le maximum de jeunes filles et leur parlai de ma petite cabane dans les bois. Elles trouvaient cela super et je leur demandai si elles ne voulaient pas m'acheter quelques bougies. Elles me disaient souvent, avec élan, qu'elles aimaient les bougies... Ainsi, à la fin de la soirée, alors qu'elles passaient par le vestiaire, je leur remis les bougies avec un petit bulletin de virement à l'intérieur du sac. Je leur dis d'être discrètes avec ces bougies et de ranger ces sacs sous un grand manteau afin d'éviter tout ennui familial. Il fallait bien se débrouiller ; c'était une occasion unique avec tant de jeunes filles de « bonne famille ».

Quelle ne fut pas ma surprise quand ma maman apprit, par d'autres mamans, que la soirée s'était très bien passée et que leur fille réglerait dès que possible les bougies à Marc avec le bulletin de virement. Cela me valut une fameuse colère de mon père qui, gêné, disait que les gens croiraient que nous avions besoin d'argent pour payer une telle soirée : « C'est honteux ! »... J'étais confus, même si j'avais fait ma plus grosse journée de vente. Je m'excusai auprès de ma sœur et de mes parents qui, aujourd'hui, rient de cette vente énorme et cocasse de bougies.

Plus d'une fois on m'appela « Monsieur Bougie » car plus tard j'ai continué à en vendre, spécialement pour les fêtes de fin d'année. À l'époque je ne croyais pas encore à la Providence, aussi je me lançais dans divers petits commerces : de bougies, de cartes de vœux ou encore un élevage de coqs que je vendais à mon père.

Pas de latte sur les bancs

J'étais en rhéto[7], dernière année que j'attendais avec impatience avant de faire des études d'art. Pas moyen de retenir mes cours, surtout celui de chimie. Les formules, c'était un casse-tête. Ma sœur Martine m'aidait avec beaucoup de patience mais je ne retenais rien. Aussi, j'écrivis quelques formules sur une latte en bois qui me servit très peu pour l'examen, tant j'étais mal à l'aise de tricher ainsi. Le lendemain, j'avais examen de physique et ce n'était pas mieux : tout était du chinois et je ne retenais rien. Aussi, je voulus faire de même avec la latte et inscrire quelques points de repère, mais je ne la retrouvai plus. Je me demandais si je ne l'avais pas oubliée sur le banc de l'école. Alors, faute de la retrouver, j'en pris une autre.

Le lendemain matin, dès que les questions de l'examen furent distribuées, le professeur dit à toute la classe : « Pas de latte sur les bancs. » Je suis devenu blanc ! Il avait sans doute retrouvé ma latte oubliée. Je n'osais lever la tête. À la fin de l'examen, je suis allé le trouver pour lui expliquer ma détresse, mon péché. Il m'a pardonné ; il était prêtre. Il avait bien trouvé la latte et reconnu mon écriture. Oui, ce cauchemar d'études était fini. Je terminais ma rhéto avec une très faible satisfaction et avec le désir de ne plus jamais tricher, tant cette situation m'avait fait souffrir.

Par la suite le professeur, l'abbé Forthomme, m'aida dans ma vocation, sachant tout le combat que je menais pour construire et agrandir ce petit lieu du Bois du Charnet qui devenait petit à petit un lieu d'accueil. Il s'occupait également de la pastorale des vocations pour le diocèse.

Bien des amis et amies de rhéto vinrent m'aider pour agrandir le premier petit bâtiment durant les grandes vacances. Je ne voulais plus aller en Provence en famille me faire rôtir comme un canard sur les plages et jouer au tennis. C'était fini. J'avais prévenu mes parents que j'étais prêt à sauter de la voiture s'ils m'obligeaient à y aller. Désormais, toutes mes vacances allaient se passer au Bois du Charnet à Lavaux-Sainte-Anne. Je logeai définitivement dans la cabane. J'avais vingt ans.

L'abbé Forthomme, mon professeur de rétho, était venu m'aider à construire la maison. Nous logions sous tente. Je rêvais tout haut

7. Rhétorique : année scolaire qui équivaut à celle du baccalauréat en France.

« Des amis et amies de rhéto vinrent m'aider...

... pour agrandir le premier petit bâtiment. »

des travaux et expliquais à chacun ce qu'il y avait à faire. Ce bon professeur, que j'avais tellement craint durant mes études, avait de la joie de me voir lui donner des ordres, moi qui étais d'habitude si timide.

Une Terre promise

J'étais tellement à l'aise sur cette terre de Lavaux-Sainte-Anne ! Elle était comme une Terre promise. Encore aujourd'hui, chaque fois que j'arrive près de ce Bois du Charnet mon cœur bat la chamade, tant ce lieu a cristallisé ma vie. Et même si j'attends avec étonnement et vigilance cette vie d'éternité, ce passage ici-bas me touche et je veux chanter comme sainte Claire : « Merci, Seigneur, de m'avoir créé. » Oui, merci, Seigneur, pour cette terre.

Chacun de nous doit trouver sa place, son lieu. Nos épreuves – si elles sont offertes à la miséricorde de Dieu – et nos péchés – si nous demandons humblement pardon avec un profond repentir – ouvrent un chemin de lumière. Je découvrais cette réalité. « Le Seigneur t'a porté comme un homme porte son fils, tout au long de la route que tu as parcourue » (Dt 1, 31).

Restauration d'une petite chapelle

Sur un tienne[8] de Lavaux-Sainte-Anne, une petite chapelle blanche dédiée à Notre-Dame de Walcourt est perchée, entourée de trois vieux tilleuls. De là on voit la grande église du village, les habitations et le château. J'aimais regarder à l'intérieur de cette chapelle à travers la croix découpée sur la porte.

Tout y était très sale : le plâtre tombait en ruine et d'énormes toiles d'araignée portaient des écailles de peinture détachées. L'envie me vint de la rafraîchir, de la retaper. Le curé accepta et durant toutes les vacances elle fut décapée, rejointoyée, rajeunie avec un petit autel en bois, un nouveau plafond…

J'y plaçai aussi un Christ en bois dont voici l'histoire : lors de la construction de la première petite maison avec René, en défrichant

8. Un « tienne » est une petite colline.

En route pour restaurer la chapelle !

la parcelle, j'avais repéré un arbre qui, par ses branches de gauche et de droite attachées au tronc central, me faisait penser à un Christ les bras ouverts. Je l'avais découpé en me disant qu'il trouverait un jour sa place. J'ai donc placé cette croix fraîchement sculptée dans cette petite chapelle de Notre-Dame de Walcourt.

Oui, la croix du Christ est devenue aujourd'hui arbre de Vie, un arbre glorieux. Ce geste était pour moi significatif : tout a commencé avec le Christ. Mon regard posé sur la nature me donne souvent de penser à lui et de le voir suggéré à travers un arbre ou une branche, un vol d'hirondelles ou une grosse bande de moineaux se posant sur un buisson, ou encore à travers un troupeau de vaches paisibles.

La restauration terminée, nous avons invité tout le village à une eucharistie. Nous étions nombreux à prier sur cette petite butte. Presque tout le village était là, avec les enfants. Quelques chiens étaient là aussi, couchés et se roulant à terre. Souvent, durant mes premières années à Lavaux, alors qu'il n'y avait pas encore de chapelle, j'aimais proposer à l'un ou l'autre jeune de mon âge d'aller prier sur cette colline. Ce fut le premier lieu de prière. La croix que les frères et sœurs de ma communauté portent aujourd'hui sur leur bure vient de cette chapelle. Elle est dessinée et découpée sur la porte, ce qui permet de regarder à l'intérieur de la chapelle. Cette croix laisse ainsi pénétrer la lumière et nous donne de deviner le Christ à l'intérieur…

Une vieille photo de la chapelle. On y devine la croix dessinée et découpée sur la porte.

2

Radieux chemins de France

Au tout début de mon cheminement, un livre m'avait touché : *Pèlerinage aux sources* de Lanza del Vasto. Il y racontait tout son pèlerinage à travers les Indes, sa rencontre avec Gandhi, son style de vie.

L'envie de rencontrer Lanza del Vasto me donna l'idée de partir à La Borie-Noble, lieu de la communauté fondée par Lanza. C'était pour moi une toute première aventure. J'avais vingt ans. Je partais sans argent vers la France, seulement avec un sac à dos, à pied et en auto-stop. Cela faisait bien transir ma mère [9] mais je savais que d'autres avaient déjà vécu ces expériences de pèlerinages, de découvertes.

Arrivé sur ce lieu de vie, tout m'émerveillait : la sobriété des habitations, très peu meublées avec des murs en pierre, une bergerie... Un cheval de trait retournait les terres de culture. Dans la communauté, les frères faisaient du pain eux-mêmes. Il y avait aussi des familles et des célibataires. Certains jours, je voyais des femmes faire la lessive à la source ou filer la laine avec grâce.

Il y avait un temps de prière le matin avec le Notre Père et la prière simple de saint François d'Assise, chantée... Certains soirs tout le monde dansait, même la femme de Lanza qui avait une voix si belle et dansait comme une gazelle. Je n'avais jamais rien vu de pareil ; je sortais de rétho. Lanza aussi m'impressionnait, il me faisait même peur. Il avait, au-dessus des yeux, des sourcils plus grands que les miens !

9. Cela l'effrayait.

Le Saint Suaire de Turin

C'était une communauté végétarienne. Un soir, après le repas, j'avais encore faim. J'avais beau manger des carottes râpées, des betteraves rouges et du riz, j'avais encore faim. Aussi descendis-je comme une petite souris à la cuisine, avec une lampe de poche car il n'y avait pas d'électricité. Là, comme je cherchais quelque chose à grignoter, un jeune me demanda ce que je faisais là. Je lui répondis que j'avais encore faim et il me dit : « Ne crois-tu pas avoir faim d'autre chose ? » Et il m'invita dans sa chambre à prendre un petit verre de vin avec du pain et du fromage.

Visage du Christ imprimé sur le Saint Suaire.

Il m'emmena ensuite dans une chambre voûtée, toute blanchie à la chaux. C'était une ancienne bergerie. Et là, dans le fond, éclairée par une bougie, il y avait une photo du Saint Suaire de Turin, c'est-à-dire du visage du Christ, le visage de sa passion. Dans cette pièce, il y avait aussi, adossés au mur, des jeunes tout souriants, partageant ensemble.

Il me demanda si je connaissais le Renouveau charismatique. Nous étions en 1970. Il me dit que beaucoup de jeunes étaient touchés par la grâce du Saint-Esprit, que cela venait d'Amérique, des protestants, mais que des catholiques en étaient comme renouvelés dans leur foi. J'étais étonné : jamais je n'avais entendu parler de renouveau « charismatique ». Ce nom me paraissait un peu bizarre. Après avoir mangé, ils se sont mis à prier et chanter en toutes sortes de langues étranges… J'avais un peu peur : « Dans quoi suis-je tombé ?… Dans cette pénombre, n'est-ce pas une secte ? »

Après la prière de louange, certains lisaient une parole de Dieu, d'autres se levaient et demandaient la prière des frères et sœurs et ceux-ci leur imposaient les mains. J'avais déjà vu cela à ma confirmation, mais c'était avec un évêque.

Veux-tu donner ta vie à Jésus ?

Plusieurs fois je suis retourné dans cette petite chambre qui était plutôt une chapelle, un cénacle. Ils me proposèrent de prier pour moi. Je me suis approché et mis à genoux. Je sentis toutes ces mains se poser sur moi. L'un d'eux me dit : « Veux-tu donner ta vie à Jésus ? » « Oui », dis-je, sans trop de conviction. Ils me lurent alors quelques passages de la Parole de Dieu. Je pensais ressentir quelque émotion, chanter, parler en langues comme eux, moi qui ai tant de mal à les apprendre… Mais rien. J'étais là, tout incliné, sans rien ressentir. Je sentais plutôt mes lunettes me glisser du nez ! Mais leur témoignage de ferveur me resta dans le cœur. Ainsi se termina mon passage à l'Arche de Lanza del Vasto.

Une Pentecôte sur la route

Le lendemain, je repartis avec mon sac à dos vers le Pays basque. L'après-midi, alors que je longeais les routes en vue de faire du stop, une joie très forte s'empara de moi ; j'en étais comme enveloppé.

Oui, vite j'ai pu identifier la source de cette joie. Elle n'était pas le fait d'être en liberté sur une route qui donnait vue sur de magnifiques paysages, mais je vivais une sorte d'effusion de l'Esprit Saint. C'était la joie d'être aimé et de découvrir la présence du Christ. Je brûlais d'un feu intérieur qui me donnait une envie de sauter en l'air, de danser sur la route. Tout cela était contenu en moi et je reconnaissais bien simplement la source de cet élan intérieur, un bonheur que je recevais ainsi gratuitement, comme si les fruits de la prière vécue à l'Arche m'étaient donnés après coup.

L'Esprit Saint peut agir dans le temps ; son effet n'est pas toujours immédiat. Peut-être me fallait-il vivre cette explosion de joie dans la nature, sur la route, en marchant. Toute la terre, tout lieu peut devenir un cénacle. Mon cœur était tout brûlant, il battait fort, comme sautant de joie. Jésus était là. Le Ressuscité transfigurait tout mon regard. Toute la terre m'apparaissait être un lieu saint. J'étais comme tout transfiguré de joie, de légèreté. J'étais l'un des pèlerins d'Emmaüs sur les routes de France !

Second voyage en France : trois belles rencontres

L'année suivante, je repris la route en pèlerin vers la France. La rencontre du Christ l'année précédente sur cette terre de France m'inspirait à continuer ce pèlerinage. Quelques rencontres furent encore très providentielles pour mon cheminement présent et à venir :

La Fraternité de la Vierge des Pauvres. Dans les Landes, traversant l'immense forêt de pins, je fus accueilli dans une communauté, la Fraternité de la Vierge des Pauvres, inspirée de Charles de Foucauld et du Père René Voillaume. Je fus bien accueilli dans cette ferme ancienne. Certains frères y gardaient les chèvres, d'autres récoltaient du miel ou travaillaient à autre chose...

Un vieux couple très accueillant. Un autre soir, alors que j'étais perdu dans la nature, je vis au loin une petite lumière briller. Je me suis rapproché de la ferme. Un couple âgé m'y accueillit avec beaucoup d'amour et me donna des produits de la ferme pour souper. Il y avait là une tendresse, une chaleur d'accueil ; pas seulement l'âtre qui crépitait, mais l'amour simple de ces deux vieux complices pour servir. Nous avons prié ensemble. Ils m'ont logé dans une chambre humide mais, sur le lit, j'étais recouvert d'un énorme édredon de plume d'oie d'au moins 30 centimètres d'épaisseur. Le matin, ils me firent un super casse-croûte avec du foie gras d'oie.

Une petite sœur. Je continuai mon chemin avec une adresse précise : celle d'une religieuse d'un couvent dont j'ignore la congrégation, sans doute des bénédictines très cloîtrées. Sœur Placide m'avait écrit plusieurs fois depuis que j'étais étudiant à la Cambre, une école d'art de Bruxelles. Elle se disait être un signe pour moi.

Lorsque je l'ai rencontrée, un grand rideau noir fut tiré et j'ai pu découvrir le visage très souriant de cette sœur. Selon l'usage de l'époque il restait encore une grille de fer entre nous, mais la présence de sœur Placide me faisait dépasser cet obstacle. Elle me parla plus d'une heure. Je me souviens qu'elle m'encouragea à suivre Jésus, que ce soit dans le mariage ou le célibat. Elle me dit d'être très attentif à la famille et à tous les couples que je pourrais un jour accueillir dans ce lieu de Lavaux-Sainte-Anne, comme si une belle espérance habitait cette terre. Elle semblait un peu prophète. J'ai beaucoup oublié de ce qu'elle m'a dit mais c'étaient des paroles des plus profondes jusqu'aux plus profanes : elle m'apprit par exemple comment stériliser du pâté ou faire du fromage... Elle me donna aussi une statue en bois de la Sainte Vierge tirée d'un vieil arbre planté par un roi de France, un Henri... Et elle me bénit. Par la suite, j'ai souvent essayé de la revoir, mais en vain. Mais c'est bien ainsi, sinon je l'aurais rencontrée comme une voyante spirituelle.

Cette rencontre avec sœur Placide me bouleversa un peu : quelqu'un priait pour mon chemin ! Mais malgré cette rencontre j'ai laissé faire le Seigneur lui-même. Cette sœur aura été le signe que j'étais connu de Dieu. À travers elle, l'attention de Dieu me toucha et me réjouit... J'étais dans son plan d'amour. Comme tout baptisé, cela m'a donné de prendre à cœur ma recherche de Dieu et ma vocation.

Notre-Dame de Belloc

Je repris la route et j'allai vers Bayonne. Arrivé au monastère Notre-Dame de Belloc, j'eus la joie de découvrir la prière toute posée de ces moines. Ils faisaient aussi un délicieux fromage monastique au lait de brebis. Un frère jardinier me montra le jardin et me donna des conseils. C'est magnifique de voir un jardin potager avec tous ces fruits et légumes qui nourrissent une communauté monastique. C'est merveilleux de les semer et les voir pousser, de sarcler la terre, de les éclaircir, les récolter et les apprêter... Il y a une solidarité entre les frères jardiniers et le cuisinier ! Je vois cela tous les jours chez nous, à Tibériade.

Aujourd'hui, beaucoup de communautés oublient la terre. Bien sûr, le travail de bureau ou à l'ordinateur est souvent inévitable. Mais le travail manuel, comme faire du pain ou soigner quelques animaux, est source de bonne santé, d'équilibre humain et spirituel, d'émerveillement. Le travail des mains remet souvent les idées en place et aide à forger la volonté, la persévérance. Le travail tout simple humanise notre vie parfois trop compliquée. Plus on se forme intellectuellement, plus ce travail simple et manuel est nécessaire pour garder le réalisme, le bon sens. Il ordonne la pensée. Ce sont souvent ces moines humbles et travailleurs qui sont le noyau stable d'une communauté. Ils portent la communauté ainsi, sans faire de bruit.

À côté de ce monastère vivaient des religieuses, également bénédictines. Elles fabriquaient des bougies et des cierges. C'était beau de voir toutes ces techniques de trempage dans la paraffine et la stéarine, et aussi le travail avec la cire d'abeilles. La souplesse de la cire leur permettait de faire de magnifiques cierges.

Là-bas, avant mon départ, on m'encouragea à trouver un moine capable de me conseiller. On me parla de Maredsous, un monastère belge. Il y aurait bien là un moine pour m'aider dans mon cheminement. Je remontai alors vers la Belgique, tout chaud de cette rencontre avec Jésus.

Chevetogne

Quelques semaines plus tard, j'allai à Maredsous. Le bon Père Frédéric me conseilla d'aller voir plutôt au monastère de Chevetogne, plus proche de mon village, afin d'y trouver une aide spirituelle, et donc j'allai un après-midi à Chevetogne. Le Père Michel m'y accueillit et me confia au moine responsable du noviciat, le Père Gabriel. Tout un lien se créa. Le Père Gabriel ressemblait à un starets [10] tel qu'on en voit au mont Athos, avec des yeux perçants et une très longue barbe qu'il caressait en m'écoutant. Quand il allait à l'office, il était coiffé d'un képi rond et, derrière, un voile noir était attaché.

Il était très exigeant et m'invitait à lire la Parole de Dieu. Surtout il me donna de constituer une petite bibliothèque avec quelques bons livres spirituels qui me marquèrent beaucoup : la vie et les enseignements du Père Séraphim de Sarov, la vie de saint Silouane et quelques livres sur les Pères du désert avec des apophtegmes bien frappés. Un apophtegme est une parole sage, une petite leçon qui nous stimule dans notre vie avec le Christ et à vivre le commandement d'amour. Il ne tourne pas autour du pot, décèle l'orgueil ou la vanité et nous aide à rentrer dans l'humilité du Christ et sa miséricorde.

10. Père spirituel chez les chrétiens orthodoxes.

3

Où es-tu, ma bien-aimée ?

Entre Bruxelles et Lavaux-Sainte-Anne

Durant cinq ans, à Bruxelles, je fis des études artistiques à l'abbaye de la Cambre. J'en rêvais depuis longtemps. Pendant ces cinq années, ce fut un va-et-vient entre Lavaux-Sainte-Anne et Bruxelles.

J'étais étonné de voir ce que réalisaient certains étudiants de l'école. Je ne comprenais pas très bien ce qui se faisait : beaucoup d'objets d'art étaient comme brisés, tordus, malades. J'y voyais des cris de détresse et des appels en tous sens. Cette période dans l'histoire de l'art était tout à fait révélatrice de la crise de mai 1968. Mais moi, j'étais comme le petit collégien avec son pull-over bleu marine et sa chemise bleu clair, plein d'idéal, de recherche de beauté simple et limpide…

Artiste

Je décidai de rester moi-même, mais pour réussir, il me fallait être très original… Alors, je développai mes recherches à partir du réel, de ce que j'aimais : montrer la beauté du créé, du travail des mains. Je fis des oignons en laiton, ouverts, coupés en deux où l'on voyait toute leur belle structure ; de certains oignons, on pouvait voir les germes pousser.

Puis j'ai commencé à modeler des visages, ceux des gens de mon village. J'avais commencé par mouler celui de la vieille Marie, un visage à la Bruegel. Elle était très belle. Cette femme brodait. Elle avait des fleurs magnifiques sur son appui de fenêtre. Elle me permit de réaliser sur elle mon premier moulage.

Je mis de la vaseline sur son visage pour faciliter le démoulage et protéger ses yeux, ainsi que deux petits cornets qui sortaient de son nez pour qu'elle continue à respirer. Petit à petit, j'appliquai le plâtre liquide. Elle était étendue sur un transat près de son poêle. Je lui demandais si ça allait et elle me répondait par des hochements de tête.

Quand le plâtre fut bien durci, il me fallut enlever délicatement le masque… mais impossible de l'enlever ! J'étais seul dans la pièce. Peut-être faudrait-il appeler un médecin ? Je lui demandai si elle avait mal et elle me répondit que non, mais je devinais son angoisse. Alors j'ai prié et tiré un bon coup le masque et, enfin, je pus l'enlever ! Il me fallut encore écraser le reste de plâtre qui avait maintenu les paupières collées. Doucement elle ouvrit un œil, puis le second, et elle me dit avec un grand sourire sa joie de revoir ! Moi-même j'avais l'impression de revivre avec elle car cette première expérience m'avait plutôt refroidi.

Après Marie, ce fut Léandre, un dur fermier. Je pris toutes mes précautions. À peine le masque terminé et durci, il l'enleva lui-même sans problème, même avec quelques poils restés coincés dans le plâtre. C'était un dur…

Finalement, une quinzaine de visages furent pris comme des empreintes de vie et je modelai aussi ceux des enfants de l'école du village avec leur instituteur. Les visages furent exposés ; chacun avait un signe caractéristique de la personne, comme une relique si l'on peut dire.

Les expositions

Chaque année, il fallait réaliser une petite exposition de nos travaux de recherche. Quand le jury entra dans la salle, je lançai sur toute l'assemblée et sur les visages modelés des pétales de fleurs cueillies dans mon village. J'étais dans une école totalement athée : beaucoup ignoraient cette façon de faire lors des processions du Saint-Sacrement. Le jury trouva cela étonnant et plein de fraîcheur. Tous ces visages exposés étaient si beaux de jeunesse ou de vieillesse. Pas étonnant car chacun était une effigie de Jésus, le plus beau des enfants des hommes.

Un jour, j'ai amené à l'école une petite lampe rouge alimentée avec du vent de mon village, c'est-à-dire que nous avions installé au bord du bois une petite éolienne qui avait chargé une batterie. Cette batterie était alimentée par le roulement de la grande hélice que j'avais fabriquée avec un ingénieur et qui intriguait bien des fermiers du coin. Je suis parti à Bruxelles avec la batterie chargée et la petite lampe rouge. Là, dans un coin sombre de la pièce d'exposition, brillait cette petite lumière du vent de Lavaux-Sainte-Anne mis en batterie. Pour moi, elle symbolisait la lumière de Jésus qui habitait mon cœur et que j'amenais à Bruxelles. On m'a dit alors que je faisais de l'art conceptuel, comme en Amérique, et que j'étais avant-gardiste ! J'étais très étonné de mon brillant résultat. Dans l'art, je m'étais fixé comme objectif d'être simple et vrai, et que tout le monde puisse comprendre sans explication. D'ailleurs c'étaient les femmes de ménage qui s'y intéressaient le plus !

L'éolienne à l'entrée du Bois du Charnet.

Du pain et des tartes

Pour la dernière année, comme exposition je choisis de relater la construction d'un four à pain que j'avais fait à Lavaux-Sainte-Anne. Toute l'évolution de la construction fut prise en photos. Je fis quelques fournées de pains sur lesquels étaient gravés des signes eucharistiques, ainsi que de belles tartes, et tout cela fut exposé.

C'était une façon de faire découvrir l'art du quotidien. Chacun pouvait se servir d'un morceau de tarte ou de pain à volonté. Au milieu de ces pains et des tartes aux prunes, il y avait deux sculptures réalisées en métal : une tarte aux prunes et un quignon de pain.

Ma maman se demandait s'il fallait faire de hautes études d'art pour faire du pain et des tartes. Je lui expliquai qu'elle était aussi une artiste au quotidien par son art de faire la cuisine et de rendre une table accueillante avec des mets très simples. Oui, pour moi, être sculpteur, c'était d'abord redécouvrir l'art de vivre, l'art d'être ensemble autour d'une belle table ou de construire des maisons comme des petites églises, et surtout de me laisser sculpter par Jésus qui habitait mon cœur. Je recherchais sans cesse sa volonté : « Que veux-tu que je fasse ? » Je réfléchissais à l'art de fonder une famille et je rêvais sans cesse à ma bien-aimée. J'avais construit un petit lieu pour elle au Bois du Charnet. Dans les constructions, j'avais souvent placé deux belles pierres larges qui dépassaient les murs et sur lesquelles j'espérais un jour m'asseoir à ses côtés, genoux contre genoux, et la voir face à face…

La Molécule

Durant cette période artistique, une petite communauté de style « mai 1968 » avait éclos à Bruxelles. Elle s'appelait « La Molécule ». Drôle de nom ! J'avais rencontré à Taizé une fille de Marseille, Geneviève, avec qui le projet était né, mais d'autres s'y intéressaient. Il fallait un nom neutre car nous étions quatre garçons et trois filles de toutes tendances, de l'agnostique idéaliste au chrétien de « gauche » ou du « centre ». Nous y avons vécu deux ans. Pour moi, j'avais mon petit coin de prière dans ma chambre et nous avions des temps de méditation en silence pour se respecter chacun. Il y avait de la joie, des tensions, mais progressivement je devins le seul célibataire : trois couples s'étaient formés… C'était moins communautaire ! Mais cette expérience me donna le désir d'être plus explicite, plus net dans ma foi.

À cette époque, j'avais aussi des amies bien mignonnes, mais pas une ne me touchait au point d'être certain de m'engager. Et cette attente devenait longue. J'aimais aussi me retrouver à la communauté de Taizé qui me touchait beaucoup avec ses longues prières chantées et répétitives... et ces milliers de jeunes. Ce style de communauté, la personnalité de frère Roger Schultz, la profondeur de ses lettres et son ouverture universelle m'ont beaucoup parlé et me parlent encore aujourd'hui.

Les fondations du four à pain.

Une première communauté : « *Peace and love* avec Jésus »

Ayant terminé mes études, je m'installai définitivement à Lavaux-Sainte-Anne, dans le bois, et en quelques mois s'improvisa une communauté de jeunes laïcs, filles et garçons. Mais cette fois-ci la référence au Christ était plus claire pour tout le monde, avec des sensibilités bien différentes.

Donne au Seigneur la plus belle pièce de ta maison

Un jour, je reçus le Père Gabriel du monastère de Chevetogne. Il était tout curieux de découvrir notre lieu et notre style de vie. Je lui montrai notre petit oratoire installé au-dessus du four à pain. Il fallait gravir une échelle et il y faisait sombre. Il me suggéra :

Le petit oratoire au-dessus du four à pain.

« Il nous fallut tronçonner le lit. »

Le nouvel oratoire vu à travers la fenêtre.

« Donne au Seigneur la plus belle pièce de ta maison. » C'est vrai, celle-là n'était pas facile d'accès.

Un autre jour, alors qu'une sœur religieuse était venue prier avec nous dans l'oratoire, je lui demandai après la prière comment elle avait vécu ce temps. Elle m'avoua avoir été distraite tout l'office en se demandant comment elle allait descendre ! Je me résolus donc à transformer le premier bâtiment du début en chapelle. C'était le plus beau lieu et aussi le plus significatif. J'y avais construit un feu ouvert, des lits superposés, une belle table de chêne mais je me décidai à en faire une chapelle accessible dès qu'on franchirait l'entrée de la maison. Il nous fallut tronçonner le lit car il était comme l'avion que Quick et Flupke [11] avaient construit mais ne savaient pas sortir, car ils l'avaient construit directement à l'intérieur du bâtiment. Le feu ouvert fut remplacé par une petite abside courbe et deux petites niches y furent façonnées. Un rythme de prière s'amorça. Ce fut une étape importante pour ne plus cacher ma foi.

Du fromage de chèvre au monastère

À cette époque, une petite ferme se mit en place. Nous avions jusqu'à six vaches laitières dont nous vendions le lait. Nous avions aussi quelques chèvres et nous faisions du bon fromage. Nous vendions aussi du pain que nous fabriquions dans le four à pain.

Quelquefois, avec une petite moto, je partais livrer du fromage de chèvre jusqu'au monastère de Chevetogne et j'y restais parfois souper. Un soir, dans le grand réfectoire des moines, le souper fut servi. On distribua un demi-fromage de chèvre à chacun avec un peu de salade et du pain, le tout était rehaussé d'une trappiste [12]. C'était sans doute exceptionnel. J'étais fier de voir arriver nos propres petits fromages. Ce repas se faisait en silence, seule une lecture couvrait ce recueillement. Après quelques minutes, j'entendis un concert de couteaux sur les assiettes… Les moines décortiquaient le fromage ! Je ne comprenais pas leurs regards vers moi. Je regardai l'assiette du Père abbé Michel : il y avait plein de petits asticots dans

11. Héros d'une bande dessinée créée par Hergé.
12. Une bière produite par les trappistes.

le fromage ! Je crois avoir été le seul à ne pas avoir eu de vers... J'étais très gêné. Beaucoup me souriaient, d'autres semblaient un peu pâles. Toutes les assiettes revinrent avec le fromage ouvert. J'y voyais des vers gigoter... J'étais confus. Les moines n'avaient pas l'air très fâchés mais je dus attendre quelques mois avant d'avoir une nouvelle commande !

Un accompagnement

Avec Chevetogne, les relations n'étaient pas d'abord économiques mais spirituelles. J'étais très seul dans ma recherche de foi, dans le discernement de ma vocation. Le Père Gabriel me fut donné comme père spirituel et il m'accompagna durant plusieurs années. Ce fut bien précieux car je n'avais pas de communauté.

J'allais le trouver tous les mois. Ces rencontres étaient importantes. Il était très patient. Sa chambre ressemblait à une chapelle. Une vraie lampe à huile pendait en face de l'icône du Christ et de la Vierge Marie. Le Christ était entouré de tous les saints. Il me les fit découvrir progressivement : saint Silouane, saint Séraphim de Sarov, saint Jean de Cronstadt... Quand il me confessait, il déposait son étole sur ma tête et me bénissait.

Il me constitua une petite bibliothèque de quelques livres, spécialement ceux d'un saint moine, Séraphim de Sarov : je découvris sa vie avec grand appétit tant son enseignement me brûlait. Saint Séraphim me fit comprendre l'importance de l'Esprit Saint et sa proximité, et j'aimais ce simple salut qu'il offrait à ses visiteurs : « Oh ma joie, Christ est ressuscité ! » Oui, l'autre, mon frère, est ma joie. Le Christ est ressuscité, c'est l'essentiel de ma foi... Saint Séraphim m'inspira aussi de cultiver la gaieté et la joie à travers les croix, et d'insister sur la lecture de la Parole de Dieu. Grâce à lui j'ai aussi imaginé et écrit un Chemin de lumière, c'est-à-dire quinze stations à vivre avec le Ressuscité, jusqu'à son retour.

Je découvris aussi saint Silouane, un moine du mont Athos qui me fit percevoir que pour aimer, c'est-à-dire pour vivre le commandement nouveau, il faut l'humilité, et que cette humilité se reçoit comme un don, qu'il faut s'y attacher comme un chemin de conversion, s'oublier. Saint Silouane a dit des paroles lumineuses : « Tout convient à celui qui est humble » ou encore : « Seigneur miséricordieux, fais que tous les peuples de la terre te connaissent par le Saint-Esprit. »

Ce saint est à découvrir si nous voulons approfondir l'amour de l'Esprit Saint. Il est proche de la petite Thérèse qui, la nuit de Noël, fit un pas de géant dans sa conversion : « Cette nuit-là, je sentis en un mot la charité entrer dans mon cœur, le besoin de m'oublier pour faire plaisir et depuis lors je fus heureuse [13] ! »

Un appel à une vie simple

Nous étions dans les années soixante-dix et nous, les jeunes de l'époque, nous baignions dans un climat de recherche, de contestation et de refus des institutions. À cette même époque naissaient des nouvelles communautés mais je l'ignorais. Souvent je priais caché, pressentant un appel à une vie très simple et évangélique, que ce soit dans le mariage ou le célibat consacré.

La ferme s'agrandissait : Christine s'occupait des chèvres ; Pierre et Jean-François des vaches ; Élisabeth et Paul fabriquaient le

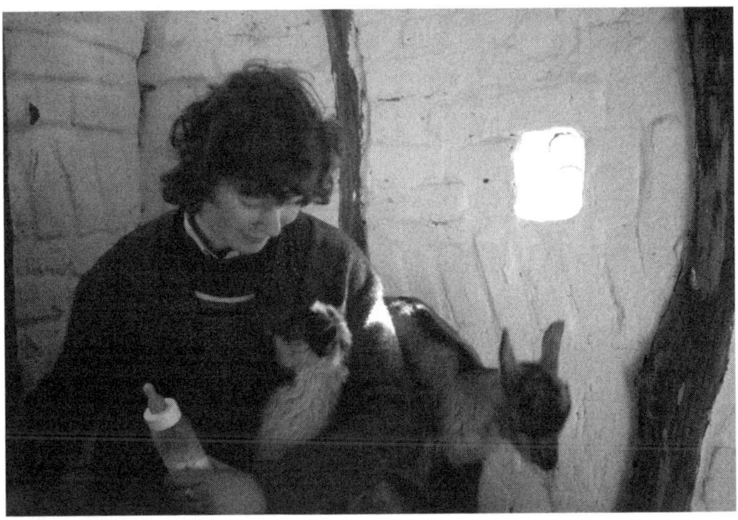

Christine et ses chèvres.

13. Sainte Thérèse de Lisieux, Ms A, 45 v°.

fromage ; moi-même je faisais le pain… Tout s'improvisait sans trop de règle de vie. C'est pendant cette période qu'un certain Christophe me fit plus fortement découvrir saint François d'Assise, sa radicalité dans la pauvreté, sa joie de vivre l'Évangile sans glose. Ça me brûlait le cœur aussi. Son émerveillement de la création réveillait en moi l'action de grâces et la louange pour toute la beauté de l'univers. En François je découvrais la « sagesse d'un pauvre »…

4

Église, mon amour

Une fiancée

J'étais toujours en attente d'une fiancée… et le Seigneur me donna de la rencontrer ! Elle était mignonne, elle aimait la terre et surtout Jésus. Mon père était rassuré car il avait peur que je ramène à la maison une fille à demi sauvage, moi qui vivais de manière très rustique ! En plus elle était de très bonne famille, infirmière, et avait les deux pieds sur terre. Tout le monde était satisfait. J'étais comblé. Toute la vie simple et priante du Bois du Charnet n'était pas étrangère à sa vie.

Un jour elle me demanda : « Ne crois-tu pas que le Seigneur t'appelle à une autre vocation que celle du mariage ? » Vite je lui répondis que mettre le Christ au centre d'une famille était une aussi belle vocation, une vocation géniale ! Ainsi, nous avons continué à cheminer ensemble bien simplement, mais cette interrogation avait touché en moi une corde très sensible, elle avait rejoint un appel à tout donner au Christ et à me livrer entièrement à lui.

Une parole de tendresse

En toute simplicité, voici une scène de cette période. Elle est restée gravée dans mon cœur par sa douceur et sa candeur.

J'étais fortement amoureux. Alors que les week-ends étaient peuplés par les va-et-vient de l'accueil, j'étais seul ce jour-là au Bois du Charnet. À 10 h 30 je partis à la messe du village. Rentrant à la maison, je sentis l'odeur du lard. Quelqu'un avait dressé la table. De la salade sortait un bon parfum de vinaigre à l'estragon.

Assise près du poêle, ma bien-aimée était là, elle m'attendait, ayant lu le papier que j'avais laissé sur la table : « Je suis de retour à 12 h. » Elle tenait le foyer, la plaque du poêle brillait. Le poêle était chargé et le sol bien balayé. Ma bien-aimée était là « comme une vierge vigilante attendant son bien-aimé » (voir Mt 25, 1-13).

Elle tricotait un pull-over. Je me mis à genoux près d'elle et déposai ma tête au creux de ses genoux. Nous restâmes silencieux tout un moment. Elle posa sa main sur ma tête et caressa mes cheveux. J'étais bien et j'aurais voulu rester longtemps, toujours ainsi. Toute sa fraîcheur de femme me tranquillisait. Toutes les interrogations de mon cœur étaient apaisées. Je me reposais près d'elle, cela suffisait. Je priais : « Sera-t-elle mon épouse ? »

Alors elle me dit au creux de l'oreille une petite phrase qui touche encore mon cœur aujourd'hui, comme un des meilleurs compliments que j'aie jamais reçu : « Tu es doux comme un petit mouton ! » Ces mots sont peut-être banals, mais ils me touchèrent plus qu'un « Je t'aime » ou qu'un gros baiser, et ils me rendaient plus doux.

Ces instants m'ont donné un goût d'éternité, une saveur du Royaume de Dieu, de la beauté et de la profondeur de la communion. Cela m'a aidé à comprendre la douceur, l'humilité et la proximité de Dieu, et de comprendre qu'il est amour, qu'il parle au cœur d'un couple qui s'aime en vérité.

Une nuit de Pâques...

Quelque temps après, c'était le triduum pascal. Nous n'avions pas de prêtre sur place, ni de voiture, alors nous sommes partis à pied vers le monastère de Chevetogne pour vivre la veillée de Pâques. Le monastère était distant de vingt kilomètres, c'est-à-dire trois bonnes heures de marche. Nous étions toute une bande de jeunes à y aller.

Traversant le village de Lavaux-Sainte-Anne, je me suis arrêté chez le menuisier du village, Florent, qui nous avait fait une belle croix en bois, tréflée à chaque bout. Cette croix, nous l'avons portée durant tout le chemin qui était ponctué par la lecture de la Parole de Dieu.

Je pensais faire bénir cette grande croix durant la veillée pascale. Arrivé à Chevetogne, je la remis au Père Gabriel qui me promit de la bénir lors de la célébration, et je lui demandai de beaucoup prier pour que je puisse être éclairé sur mon chemin.

Dans le rite byzantin, la veillée pascale commence par une lecture continue des Actes des Apôtres. Puis c'est la sainte liturgie, avec des chants magnifiques qui élèvent les âmes. C'est une liturgie très vivante, parfumée de délicieux encens qu'un diacre répand avec un encensoir à clochettes. Il le fait tournoyer vers les icônes et les fresques de tous les saints avant d'encenser l'assemblée. Tout un va-et-vient de moines se fait depuis l'iconostase vers la foule qu'ils saluent, et des moments de silence intensifient la prière.

C'est au cœur de cette nuit qu'un événement intérieur se manifesta : une certitude qu'il m'était demandé de donner toute ma vie au Christ et de renoncer à cette belle histoire d'amour avec ma fiancée. Oui, une évidence, une clarté m'était donnée ! En ce moment précis, je ne peux l'expliquer, je découvris l'Église comme une fiancée et je me mis à l'aimer d'un grand amour. J'aimais le Christ depuis longtemps mais cette nuit de Pâques, je découvris aussi la beauté de l'Église. Elle n'était plus une structure, des bâtiments ou une organisation, mais je la découvris vivante, radieuse de la lumière du Christ. Je découvris que je ne pouvais aimer le Christ sans l'Église car ils formaient un couple. Moi qui avais tout construit au Bois du Charnet en fonction d'un couple que j'espérais former avec ma petite fiancée, je recevais la plus belle des épouses, l'Église.

Sur les genoux de Marie

Alors que j'avais passé des moments d'éternité sur les genoux de ma bien-aimée, c'est la main de Dieu qui me tient aujourd'hui, moi le petit agneau que j'essaie de devenir. J'aime poser ma tête sur le cœur de l'Agneau, recevoir le baiser de Dieu à travers l'Eucharistie et la délicatesse de Dieu à travers les frères et sœurs. J'aime poser ma tête sur les genoux de Marie, icône de l'Église, comme Jésus a pu la poser sur ses genoux à Nazareth, et m'entendre dire : « Tu es doux, petit frère. Repose-toi. » Nous avons besoin de quelqu'un qui puisse nous dire : « Tu es doux. » Ce n'est pas de la mièvrerie mais ça fait partie de la révélation de Dieu. C'est l'amour qui nous révèle et nous donne d'être, d'exister. C'est la tendresse qui nous construit.

Nous avons vraiment en nos cœurs la douceur de Dieu, et Dieu nous le dit, nous le révèle en direct dans l'adoration, dans l'oraison, dans l'amour du pauvre, dans les durs et onéreux renoncements pour servir. Jésus, à travers l'Église, nous dit des mots d'amour et de tendresse qui font notre bonheur. Écoutons-les ! Oui, je l'ai expérimenté. Ils nous donnent un baume de douceur et de tendresse, dans le silence intérieur et profond, dans la prière. « Tes paroles, Seigneur, sont plus douces que le miel » (Ps 119, 103). L'Église, à travers les sacrements, déverse une onction d'huile parfumée sur notre corps et notre esprit fatigué ou malade. Dans le pardon, le Père nous revêt à nouveau de l'habit de noces, il nous donne l'alliance et sa miséricorde nous saisit.

« Enfin, tu as consenti ! »

Que fallait-il faire maintenant ? À la fin de la liturgie, je m'empressai d'aller annoncer au Père Gabriel la nouvelle : « Enfin, me dit-il, tu as consenti. Il y a longtemps que j'attendais ce jour. Tu m'en as fait voir plus que deux costauds novices ! »

Quelques jours plus tard, il me remit la grande croix bénie durant la veillée pascale et je la mis dans une pièce qui est aujourd'hui le réfectoire des frères. J'avais oublié cette croix ! On oublie parfois la croix mais sans elle il n'y a pas d'aurore pascale. Oui, je découvrais la grandeur pascale de mon appel. Je mourais à une espérance légitime de fonder une famille pour naître et ressusciter avec le Christ. L'appel était aussi clair que celui reçu à douze ans lors de ma confirmation. Quinze ans de cheminement pour en arriver à cette Pâque décisive ! C'était une éclosion, ma coquille s'était ouverte. Par mon appel tout devenait neuf.

Que veux-tu que je fasse, Seigneur ?

Quelle couleur prendrait mon engagement ? Fallait-il rentrer dans un séminaire ou dans un monastère ? Très vite, dans mon cœur, une claire vision, une simple intuition m'était donnée. Ce qui m'habitait, c'était de donner à l'Église une petite bande de frères qui essaieraient de vivre l'Évangile dans sa fraîcheur et sa radicalité, de faire aimer l'Église et de faire découvrir le trésor qui l'habite, cela spécialement auprès des jeunes et des familles. En gros, dès que possible, j'irais trouver l'évêque pour lui faire part de cet appel.

Il me fallait aussi annoncer ma décision au petit groupe qui s'était improvisé sur le lieu et qui commençait à y prendre quelques racines. Ce fut l'étonnement général ! Il fallait tout réorienter et leur expliquer que nous ne serions pas une communauté de familles cohabitant avec des consacrés, car dans mon cœur, c'était très net : nous serions une fraternité. Un lien très souple nous unirait avec les familles, nous les encouragerions à devenir des petites Églises domestiques en allant chez elles les visiter, leur apprendre à prier et les écouter. Personne à cette époque n'était lié à un engagement, si ce n'est d'amitié. L'orientation se faisait donc maintenant nettement plus religieuse, telle la vie consacrée vécue en fraternité. Après quelques mois de réflexion, chacun s'orienta.

Ce choix du célibat, il me fallait l'annoncer également à mes parents et à ma fiancée. Je partis d'abord chez elle lui annoncer la nouvelle. Des combats, des peurs et des hésitations me traversaient parfois sur le chemin : « N'as-tu pas rêvé, n'es-tu pas dans une illusion, ne t'es-tu pas suggéré un appel… ? » Il m'était demandé de regarder devant, dans la foi, car à chaque annonce de ma décision de suivre Jésus je m'avançais plus en avant et une paix me venait.

Ce dont je me souviens de cette rencontre, c'est d'une très grande compréhension, d'une douleur aussi car il y avait réellement un renoncement. Mais ma bien-aimée m'encouragea. Elle-même pressentait quelque chose et se montra discrète pour ne pas être un obstacle à mon appel.

Il y avait dans une des pièces de sa maison un berceau. Le regardant, je réalisai que je n'aurais pas d'enfant d'elle. J'avais aussi fabriqué un berceau en bois de sapin et en noisetier qui pouvait être balancé pour bercer l'enfant que nous aurions eu.

Aujourd'hui, en écrivant ces lignes, je pense au berceau qu'est ce petit Bois du Charnet où est en train de naître une petite famille de consacrés. Ce berceau est de bois et de pierre, et il est surtout au creux de la main de Dieu. Je lui remets sans cesse cette nouvelle petite famille religieuse, ce nid à moineaux et mésanges.

Ma fiancée, qu'est-elle devenue ? Elle n'est pas entrée au couvent, mais a fondé une famille quelque temps après. Je la revois parfois, sans aucune nostalgie. Elle m'apporte de temps en temps des fruits et du chocolat !

Tu fais la boulette de ta vie !

Lors de l'annonce à ma famille, mon père, presque fâché, me dit : « Tu fais la boulette de ta vie ; tu n'auras plus jamais une fille pareille, intelligente, pratique, d'une bonne éducation. Pourquoi faut-il renoncer à te marier pour être bon chrétien ? N'y a-t-il pas moyen de faire le bien en ayant huit enfants ? C'est de la folie, je ne comprends pas. Le Seigneur ne te demande pas de faire un tel sacrifice. »

Je le laissai à sa révolte. Il appréciait fortement cette fiancée et était vraiment affecté. Il avait déjà imaginé que j'habiterais leur belle maison de campagne, le vieux moulin de Lavaux-Sainte-Anne, et que ma fiancée, infirmière, pourrait exercer son métier à domicile, et moi-même devenir artiste et exposer mes œuvres au château tout proche de la maison… Ma maman écoutait et, après avoir accusé le coup, dit à mon père : « Freddy, si c'est son choix, tu dois le respecter ; s'il est heureux en consacrant sa vie au Seigneur, nous ne pouvons l'en empêcher. »

« Mais dans quelle congrégation vas-tu rentrer ? » me demanda ma mère, venue à mon secours. Mon père s'était calmé. « Je ne sais pas, je vais aller trouver l'évêque du diocèse et lui proposer de commencer quelque chose au Charnet. »

« Comment ? Mais tu es tout seul ! » Je comprenais leur interrogation : comment tout cela allait-il se faire ? Je ne le savais pas plus qu'eux mais une confiance profonde m'habitait. Et, alors que je venais de rompre mes fiançailles, ma fiancée était là, venue me saluer, comme pour m'encourager dans ma vocation.

Maria et ses broderies

Cette nuit-là je fis un rêve étrange. On peut rire des rêves ; d'ailleurs j'en ai ri et pleuré. Mais le Seigneur peut nous parler aussi au cœur à travers un rêve. Avant de vous le détailler, il est nécessaire de vous raconter une petite anecdote.

J'allais souvent visiter une vieille dame, Maria, et je lui apportais la communion. Elle me parlait de son mari décédé, de son jardin et de ses boutures de géranium. Au printemps, je me lamentais avec elle sur les haricots brûlés par une gelée tardive et, en automne, nous échangions sur la grosseur de nos échalotes et nos poireaux.

Sur son poêle, il y avait souvent un pot de lait qu'elle faisait bouillir pour elle et son chat. Elle surveillait le lait jusqu'à ce qu'il monte, et parfois une belle coulée se faisait sur le poêle si je la distrayais. Alors, elle posait son pot sur une grosse brique ronde pour qu'il refroidisse doucement.

Maria avait une spécialité : elle brodait. Ses fenêtres étaient garnies de fins rideaux brodés : « J'ai appris cela à l'école, me dit-elle. La maîtresse nous apprenait à broder aussi des belles lettres, des initiales ou le nom de notre famille, le prénom des enfants... Eh bien, je vais te chercher quelque chose. » Elle descendit l'escalier de bois et étala devant moi ses travaux : « Tu vois, au début de notre mariage j'ai brodé deux taies d'oreiller : l'une avec mon prénom et l'autre avec celui de mon mari, et chacun de nous dormait sur l'oreiller avec le prénom de l'autre. Je dormais sur l'oreiller brodé "Gustave", lui dormait sur l'oreiller brodé "Maria". » En effet je lisais sur les deux taies finement brodées de mille petites croix rouges les noms de Maria et de Gustave. Je trouvais ça plein de délicatesse et j'avais bon de voir et d'écouter cette petite vieille me parler de ses souvenirs d'amour. Quand elle parlait, ses yeux devenaient humides d'émotion.

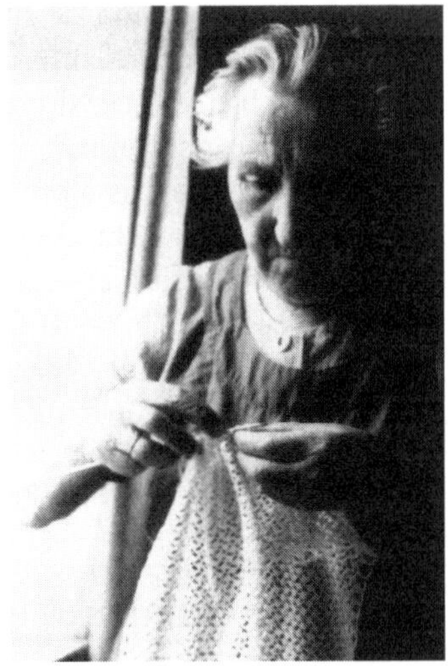
Maria et ses broderies.

Le grand lit de l'évêché

Et voici quel rêve je fis : je me trouvais dans un grand lit dans une chambre de l'évêché, et j'y dormais paisiblement avec ma bien-aimée. C'était une chambre plutôt démodée, avec des vieux papiers peints. J'allumais et j'éteignais la lumière en m'amusant à tirer la cordelière qui pendait et servait d'interrupteur. Tout d'un coup un prêtre âgé – ce n'était pas l'évêque – ouvrit brusquement la porte et nous demanda : « Qu'est-ce que vous faites là ? » Je ne savais pas quoi répondre. Je lui dis simplement : « Mais, je ne fais rien de spécial. » Sans doute était-il étonné de me voir dormir avec une fille à l'évêché. Elle dormait d'un côté et moi de l'autre. Il partit et claqua la porte. Je me remuai alors dans tous les sens, incapable de dormir.

Malgré ma décision de suivre le Christ à travers le célibat, je m'interrogeais encore intérieurement : « Mais qui sera mon épouse ? Ma bien-aimée, si proche de moi, ou l'Église ? » Et puis à ma grande surprise, en me rabattant face à l'oreiller, je vis un nom brodé dessus. Je le pris en main et j'y lus en belles lettres, comme celles que Maria avait brodées : *Église*.

Oui, je regardais bien en face et relisais, et ce n'était pas le nom de ma fiancée mais bien celui de l'Église. Je regardai ma fiancée à mes côtés... Je ne voulais pas la réveiller et lui faire de mal. J'étais stupéfait et étonné car ma décision était fraîche et encore un peu confuse. Tout devint donc clair : mon amour, ce serait l'Église.

Une Église à aimer et qui t'aime

Ce n'est pas ce petit rêve qui a confirmé ma vocation mais, vite, l'Église m'est devenue comme quelqu'un à qui je me donnais. Me donner à elle c'était me donner à un peuple, me donner à une communauté, me donner au Christ car l'Église est la chair du Christ. Elle m'est devenue une épouse et avec elle je vis des noces. Je continue à l'aimer et à la découvrir, et elle m'aime. Dans mon cœur je danse souvent avec elle.

Avant l'événement intérieur de la nuit de Pâques à Chevetogne, j'ignorais qu'il fallait aimer l'Église. Mon appel me donna de découvrir toute la réalité des noces intérieures. Que j'aime entendre, dans *Vita consecrata* [14], Jean-Paul II nous parler de cette aventure nuptiale de la vie religieuse ! Je l'ai expérimentée d'une manière toute particulière puisque j'étais amoureux. Je peux dire que je suis passé d'une fiancée à une autre, d'une belle histoire d'amour à une autre encore plus belle car celle que l'on choisit devient la plus belle de toutes.

14. Jean-Paul II, exhortation apostolique post-synodale *Vita consecrata*, 25 mars 1996. Elle décrit de manière admirable la vie consacrée.

Cela s'est passé en 1978 et je n'ai jamais regretté ce choix. À cette époque, l'Église était tellement critiquée, bafouée, malmenée, mais rien de cela ne m'a effrayé. Ma décision était amoureuse et libre, il n'y avait aucune contrainte. Un souffle d'espérance habitait mon cœur qui palpitait de joie et d'émotion. J'étais ivre d'amour, d'étonnement, de surprise. Je restais célibataire mais je ne le sentais pas car j'étais amoureux du Christ et de l'Église. Aujourd'hui je l'aime encore plus et me repose toujours sur elle.

En l'Église j'ai mis ma confiance. Je ne la sépare jamais du Christ. Quand elle est ridiculisée, c'est comme ma propre chair qui est blessée. L'Église souffre et est paralysée par ceux qui s'érigent en juges et la divisent. On ne peut la connaître qu'en l'aimant, et c'est en l'aimant qu'elle devient plus belle. Et si elle est malade c'est d'un manque d'amour, malade des caricatures diverses qu'on dit sur elle. Mais beaucoup l'aiment et, parmi eux, de plus en plus de jeunes.

L'Église n'est pas en retard mais à l'avance car elle travaille pour l'éternité. C'est un grand service à rendre à l'humanité que de la faire aimer. Elle est une réserve de bon sens car elle reçoit sa lumière du Christ. Comme saint Irénée je dis : « Rien n'est plus fort que l'Église. »

Travailler à l'Église, c'est servir la Trinité et devenir son hôte

L'Église est une réserve d'humanité. Elle porte en elle le Christ. Toute sainte qu'elle soit, elle est critiquée comme le Christ. « Ils regarderont vers celui qu'ils ont transpercé » (Jn 19, 37). Ils regarderont vers celle qu'ils transpercent, l'Église. Elle porte en elle la grâce du pardon et de la guérison, la Parole de Dieu et la mémoire de toute l'humanité.

Avec l'Église nous sommes les hôtes de la Trinité, et servir l'unité dans l'Église, la cultiver, c'est honorer la Trinité. C'est aussi lui donner de répandre son mystère de communion, d'échange, de rivalité d'amour, d'humilité, de tendresse et de charité jusqu'aux terres lointaines, au profond des cœurs et sur toute la création.

Quelques années après ce rêve, à l'occasion de mon anniversaire, les sœurs de Tibériade m'offrirent un bel oreiller avec dessus cette devise brodée : « Église, mon amour ».

Force et joie de la communion

La grâce de la communion, de la charité et de l'unité, j'en ai été frappé comme le don le plus fort. J'ai pu l'expérimenter avec les frères. On peut être peu nombreux mais l'unité déploie une force incroyable. Quelques frères unis peuvent faire autant de travail que douze frères qui tirent en tous sens. Et douze frères unis peuvent faire le travail de soixante-douze frères. Si les différentes sensibilités sont accueillies même quand elles semblent opposées, c'est-à-dire quand l'accueil est traversé par le souffle de l'humilité, cela nous rapproche de la vie trinitaire où l'amour accueille et circule.

Alors, quand l'Église se rapproche de l'unité, quelles possibilités de témoignage, quelles forces pour l'évangélisation ! Une évangélisation qui peut travailler dans des expressions très diverses et vivre la complémentarité sans devoir toujours se justifier et craindre les critiques d'un côté ou de l'autre ! Que l'Esprit Saint nous simplifie et nous donne d'aller au cœur de l'Évangile !

C'est un martyre d'amour et de joie que de se donner à l'Église, c'est être serviteur de communion pour toute l'humanité. Le visage et la vie de Jean-Paul II, qui a pu réunir tant de peuples, de religions et de cultures différents sur la place Saint-Pierre à Rome lors de ses funérailles, l'illustrent si bien !

Un amour nuptial

Avoir vécu ce rêve à l'évêché est pour moi significatif de mon lien avec l'Église. L'évêché est le cœur d'une Église locale et universelle. J'ai la plus belle épouse, comme Joseph pouvait le dire de Marie, sa fiancée.

Il est grand, le mystère de l'Église : « Maris, aimez votre épouse comme le Christ a aimé l'Église et s'est livré pour elle ! » (Ep 5, 25). Se livrer pour elle, ce n'est pas se livrer pour des idées ou des idéologies mais c'est être touché par cette relation que le Christ est venu vivre avec l'Église, avec toute l'humanité et avec toi d'une manière unique. Il y a un espace pour toi dans le cœur de Dieu, il t'a vu du haut de la croix. Au plus fort de la souffrance, le Christ offre à l'humanité cette maison de lumière.

Quelques rides

Après quelques années on commence à voir les défauts et les rides de celui ou de celle qu'on aime. Alors il me faut faire une retraite pour rajeunir, et cela devient pour moi comme un mini-voyage de noces pour soigner les déceptions, les amertumes et le péché que je vois en mon épouse, ce péché originel qui donne de l'ombre et qui est d'abord le mien. Je sais que l'Église est d'abord sainte parce que née du côté ouvert du Christ et que l'Esprit Saint la sanctifie, mais elle est aussi faite de nous, pécheurs. Alors je la regarde avec un regard réconcilié, apaisé, et elle rayonne et resplendit de la lumière du Christ.

À un journaliste qui demandait à mère Térésa : « Que faudrait-il changer dans l'Église ? », elle répondit : « Vous et moi ! » Alors je l'aime de gratuité, de fidélité. J'essaie de l'aimer comme le Christ l'aime, jusqu'au jour où nous irons pour du bon dans la maison de la Trinité, où nous irons boire à la source, manger de la tarte aux fruits, où nous pourrons dormir sans crainte sur le nid du cobra, où nous serons semblables à l'Agneau, où nous rentrerons à la grande maison de famille.

5

Une nouvelle fleur au bouquet de l'Église

Première rencontre à l'évêché

Je reçus un rendez-vous chez l'évêque. Cela m'impressionnait beaucoup. Il m'accueillit comme un père :

« Alors, que veux-tu ? »

Je lui parlai de mon désir de suivre Jésus et de commencer une petite fraternité au Bois du Charnet, de vivre l'Évangile avec quelques frères et cela dans une grande charité pour faire aimer le Christ et l'Église. Il me dit :

« Mais pourquoi n'entres-tu pas chez les Franciscains ?

– Je ne les connais pas, mais pourquoi ne pas offrir une nouvelle petite fleur dans le grand bouquet de notre diocèse ? »

En effet, le diocèse de Namur a toujours été une terre d'accueil de communautés, et aujourd'hui encore.

« Mais que veux-tu au juste ? me demanda-t-il à nouveau.

– Eh bien, je ne veux pas être mon propre chef. Puisque je suis seul, il me faut un soutien. Et ce soutien c'est l'Église, c'est-à-dire vous. Je veux ce lien concret avec l'Église. Ce que je voudrais, c'est faire des vœux en vos mains et que vous me remettiez un habit… de moineau.

– De moineau ?

– Oui, je veux dire moineau, pour ne pas dire moine… car je ne serai pas cloîtré, mais prêt à répondre aux appels de l'Église et de notre temps dans une grande souplesse et légèreté, comme un moineau. Les moineaux sont très ordinaires, vivent en bande et sont très vigoureux.

– Oui, nous verrons. Laisse-moi réfléchir, prier et demander quelques avis, car tu as une vocation particulière et un peu hors cadre…

– Que voulez-vous, Monseigneur, il faut bien un jour commencer ! Sinon il n'y aurait jamais eu de naissance de communauté.

On peut toujours essayer, risquer. L'abbé Forthomme, mon professeur de rhéto, connaît toute cette aventure et est venu y travailler. Il peut vous en parler. Bénissez-moi, Monseigneur ! »

Avec plein de bonté, il le fit.

Première visite de l'évêque au Bois du Charnet

Un jour, il vint nous rencontrer. Comme il arriva une heure plus tôt que prévu, je l'accueillis alors que j'étais en train de laver la maison à grandes eaux. Cela ne l'a pas dérangé : « Eh, c'est gai ici dans ta thébaïde [15] ! » Je lui fis visiter la petite chapelle, le four à pain, l'étable : « C'est rustique ! Tu sais, j'aime aussi saint François, je fais partie du tiers ordre. » C'était une visite toute simple mais combien bienveillante.

Des mois plus tard, je reçus encore un rendez-vous au n° 1, rue de l'Évêché. C'était la fête des saints Innocents. Je lui apportai un pain du four : « Mais il ne fallait pas apporter tout cela ! Je vais le donner à ma sœur qui aime tout ce qui est bio. »

Il continua : « J'ai parlé de ta demande au conseil et il est favorable pour que tu fasses tes vœux, mais ce seront des vœux privés que l'on fera à la chapelle du séminaire. » Ensemble, nous regardâmes les dates possibles dans son agenda : « Pourquoi ne pas faire tes vœux le 25 avril, à la fête de saint Marc, ton saint patron ? Ainsi tu t'en souviendras chaque année. Et c'est aussi la fête de son évangile. C'est bien vivre l'Évangile que tu veux ? »

Un jour d'été, je lui apportai aussi une grosse fleur de tournesol. Il alla vite chercher un vase rempli d'eau pour la mettre mais, en piquant la fleur dans le vase, il en renversa le contenu sur son bureau. Alors, avec le revers de sa veste, il repoussa toute l'eau.

Mgr Mathen était bon et simple. Je lui dois beaucoup : son ouverture, son audace à me dire oui, à rendre possible cette aventure et d'avoir pu la vivre en Église. À cette époque, il me conseilla aussi un prêtre du diocèse pour m'accompagner, et il me demanda de donner un nom à la fraternité.

15. La Thébaïde est un désert de Haute-Égypte où aurait vécu Antoine le Grand, premier ermite chrétien.

Un nom ?

Quel nom donner à la fraternité ? Ce n'était pas évident. C'est comme donner un nom à un enfant qu'on attend… Un nom se reçoit et c'est souvent tout un programme.

À cette époque, le récit de la marche de Pierre sur les eaux me frappait : marcher sur l'eau, je trouve ça génial ! Il y a un appel de Jésus à avancer : « Viens ! » Il y a aussi la peur : « N'est-ce pas un fantôme, un rêve, une illusion que cet appel ? » Alors je me suis lancé à l'eau dans la foi après avoir entendu Jésus me dire : « C'est moi, confiance, n'aie pas peur ! »

Dans ce récit de l'Évangile, Pierre, dans son doute, demande à Jésus : « Si c'est bien toi, ordonne-moi de venir vers toi, sur l'eau ! » (Mt 14, 28). Pierre veut faire comme lui. Il descend de la barque, touche l'eau et va vers Jésus. Mais remarquant le vent, il prend peur et commence à couler. Il s'écrie : « Seigneur, sauve-moi ! »

Cette vocation, cet appel est une traversée en mer pour rejoindre le Christ en marchant sur l'eau. L'exemple de Pierre me rejoignait dans mes peurs, mes difficultés, mes interrogations, ainsi que dans les contradictions et les moqueries que je subissais.

Il m'est arrivé aussi de couler et d'avaler quelques gorgées d'eau salée. Et comme Pierre, quand je me mets à couler, vite je recrache

Bas-relief de frère Marc évoquant Jésus et Pierre marchant sur les eaux.

l'eau et je crie. Alors Jésus me tend la main et me saisit. Ce cri, je peux le répéter souvent et même continuellement si le chemin est pénible, et Jésus me dit : « Homme de peu de foi, pourquoi as-tu douté ? » Cette marche est pascale, comme un baptême où je plonge dans l'eau, et Jésus me tend la main comme à Adam sur l'icône de la résurrection. Il me retire et me sauve, je suis comme suspendu et il me garde hors de l'eau. Oui, cette aventure est une question de foi en Jésus, de confiance en sa présence, que je sois sur l'eau ou même dessous. Il est là, le Ressuscité !

Je recevais ce texte d'Évangile mais je ne pouvais pas appeler la fraternité : « Communauté de la marche de Pierre sur les eaux ». C'était trop long ! Alors je me suis rendu compte que cela se passait sur le lac de Tibériade et j'ai trouvé joli le nom « Tibériade ». Ce nom chantait en moi.

Rencontre de trois fondateurs

J'étais à un mois de mes vœux. Je partis faire une retraite pour découvrir trois nouvelles communautés. D'abord en Suisse, à Fribourg, où je découvris la communauté Saint-Jean. J'eus la grâce de rencontrer le Père Marie-Dominique Philippe, le fondateur, pour recevoir quelques conseils et avis :

« Père, que pensez-vous du nom de Tibériade pour une communauté ?

– Oh, Tibériade, tout ce qui se passe autour du lac est merveilleux. C'est une période très joyeuse de la vie du Christ. C'est là que Jésus appelle ses premiers disciples alors qu'ils réparent leurs filets. C'est aussi la pêche miraculeuse et c'est au bord du lac que Jésus multiplie les pains et les poissons. Et puis, du mont des Béatitudes, on voit le lac. »

Je découvris plus largement le nom de Tibériade qui n'était plus seulement la marche de Pierre sur les eaux mais tout un cadre de la mission du Christ, un va-et-vient d'une rive à l'autre, du désert à la rencontre avec les foules sur la rive. De la barque il enseignait les foules, les nourrissait, les exhortait au bonheur… Le Père Philippe était enthousiaste de la beauté du lac et des traces du Christ sur ce lieu.

Je découvris alors tout le chapitre 21 de l'évangile de saint Jean, un magnifique récit. Un matin du temps pascal, Jésus alluma un feu de braise au bord du lac, prépara le petit déjeuner pour ses disciples et les appela : « Les enfants, avez-vous du poisson ? » Il leur fit jeter les filets qui devinrent pleins à craquer. Les disciples le reconnurent : « C'est le Seigneur ! » Et puis ce face-à-face de Jésus avec Pierre : « M'aimes-tu ? – Oh, Seigneur, tu sais tout, tu sais que je t'aime ! » Jésus lui dit : « Pais mes brebis »...

Alors que je suis en train d'écrire ce chapitre dans mon ermitage, l'ermitage Saint-Pierre, je regarde derrière moi un mur du Moyen Âge qui avait, dans le temps, la fonction de retenir les eaux d'un grand lac. Cet énorme mur me fait penser à une forteresse. Il est solide. L'Église, fragile et légère comme un voilier, reste solide grâce au Christ, son rocher. Rien ne pourra l'ébranler totalement et « la puissance de la mort ne l'emportera pas sur elle » (Mt 16, 18).

Je continuai ma route vers Currière-en-Chartreuse, en France, et après avoir passé une journée chez les moines cisterciens de Tamié j'arrivai chez les Petites Sœurs de Bethléem. Je fus émerveillé de voir ces sœurs si belles accueillant avec beaucoup de grâce. Une sœur me donna l'occasion de rencontrer la Mère Marie, la fondatrice. Elle était alitée. Je lui posai deux questions :

« Que pensez-vous du nom de Tibériade ?

– Oh, cet endroit est superbe ! Sur le lac, rien n'a pu être construit. L'endroit est presque intact, avec un rivage d'où l'on voit aussi le rocher de Pierre.

– Pensez-vous que je puisse porter un habit religieux ?

– Il le faut mais on se moquera de vous, on vous traitera de "tradi". Mais porter un habit vous aidera, et ce sera un bon signe. »

Aujourd'hui, les nouvelles communautés portent souvent l'habit mais, à cette époque, beaucoup de communautés religieuses apostoliques l'avaient retiré. Sans porter de jugement, je sentais qu'il pouvait m'être un support. Il manifesterait un changement de vie.

Porter l'habit n'est pas du tout « tradi » ou nostalgique, mais c'est un signe de liberté qui m'aide à me revêtir du Christ. C'est un signe très concret qui m'a été source de beaucoup de contacts. « L'habit ne fait pas le moine » – c'est un dicton très connu – mais il peut y contribuer. Notre habit religieux est comme un habit d'évangélisation, de « signalisation ». Cela interroge : « Dis, maman, pourquoi ce monsieur porte-t-il une robe ? » « Dites, frère, expliquez à mon enfant... » et une petite évangélisation, à partir de l'habit, me donne de parler de Jésus.

De la vallée de la Chartreuse, encore tout enneigée, je pris la route vers Paris. Je découvris la beauté de la liturgie des Fraternités monastiques de Jérusalem. Je pus rencontrer le Père Pierre-Marie Delfieux qui me donna son Livre de vie et m'encouragea dans cette aventure. Je fus aussi cordialement invité au repas des moines.

Ils avaient à l'époque un petit habit court et bleu. En les regardant, je me disais que je me verrais bien aussi avec un habit bleu mais long. Je rencontrai le frère couturier et lui expliquai que j'allais faire mes vœux quinze jours plus tard, et que je désirais porter un habit religieux. Il se proposa de le coudre. Trois jours avant mes vœux, je reçus un colis postal avec cet habit venant de Paris. Je l'enfilai quelques secondes pour voir si je n'étais pas trop drôle. Peu importe, je le porterais !

Ne venant d'aucune communauté, je découvrais tout. Toutes ces rencontres étaient providentielles et m'encourageaient. Des conseils spirituels m'étaient donnés à travers des témoins. Je regardais et j'écoutais tout avec attention et, dans un petit carnet, je notais.

Deuxième partie

La vie religieuse, vie en Christ

6

Jésus, le fondateur

25 avril 1979 : jour de mes vœux

Mon cœur palpitait. Nous étions assez serrés dans la petite chapelle des philosophes au séminaire de Namur. André Haquin, maître de cérémonie, assistait l'évêque. Après l'homélie et une magnifique litanie des saints chantée par quelques moines de Chevetogne et l'assemblée, l'évêque m'appela :

« Marc, avance !

– Me voici !

– Que veux-tu ?

– Suivre le Christ dans l'Église en suivant l'Évangile. »

Dans l'assemblée il y avait beaucoup de mouchoirs et de sanglots. Je reconnaissais ceux de ma maman et de mon père. Un grand silence régnait. L'évêque me revêtit de l'habit mais il ne trouvait pas l'encolure. Un abbé l'aida.

« Reçois cet habit, signe de ton baptême et de ta consécration totale au Christ. »

Il me mit la ceinture :

« Un autre te ceindra et te mènera là où tu ne voudrais pas. »

Cette parole que Jésus avait dite à Pierre m'effrayait mais, au fond de mon cœur, je comprenais que c'était une façon de me dire : « Tu essaieras de faire la volonté de Dieu, qui est une volonté d'amour bienveillante. »

Il me remit une croix :

« Reçois le joug du Christ qui est doux et léger. »

Après cela, l'évêque m'embrassa chaleureusement :

« Allez, ça ira, te voilà tout nouveau avec cet habit ! »

Pendant la préparation à mes vœux, un geste m'habita très fort pour signifier de manière visuelle et concrète ce que je voulais vivre :

semer l'Évangile et moissonner. J'avais apporté une corbeille tressée de lianes sauvages et remplie de grains d'épeautre, une céréale typique de notre région, la Famenne. J'avais très envie d'en lancer de larges volées mais je me suis résolu à en semer doucement au pied de l'autel une belle ligne. En faisant ce geste, je lus une prière écrite pendant ma retraite :

> Vraiment, tu es Fils de Dieu,
> Ressuscité apparu sur le rivage de Tibériade.
>
> Seigneur, je te rends grâce de cette Église,
> heureux car appelé à vivre
> dans la liberté des enfants de Dieu.
> Je te rends grâce, Seigneur, pour l'apôtre du diocèse,
> notre évêque, à qui je demande aide et protection.
> À tous les frères et sœurs,
> amis qui ont travaillé
> et fait un bout de chemin au Bois du Charnet,
> aux prêtres, aux moines
> qui m'ont guidé et soutenu jusqu'à ce jour,
> enfin, à toute ma chère famille je rends grâce.
> Nous travaillons ensemble à l'œuvre de Dieu
> et nous sommes le champ que Dieu cultive,
> la maison qu'il construit.
> Seigneur, apprends-moi à semer avec toi,
> car tout ce qui se sème sans toi se disperse
> et demeure infructueux.
> toi, Seigneur, qui es semence et semeur,
> viens convertir ma terre lourde en bonne terre légère.
> Je dépose sur ce sol, sur cette terre d'Église
> ces quelques grains d'épeautre tirés de notre village,
> signe de notre foi en la fécondité
> de l'Église et de ton Esprit Saint.
> Le champ de l'Église est vaste,
> il y a des jardins inconnus ou recouverts de broussailles
> qu'il faut mettre à nu, défricher avec l'aide de l'Esprit Saint
> pour que semailles et moissons se suivent.
> Il est des paroles fortes du Christ,
> éclats évangéliques qu'il me brûle
> de mettre en vie et en acte
> pour répandre la saveur de l'Évangile
> en mes frères et sœurs.

La moisson est trop abondante,
les ouvriers sont trop peu nombreux.
Prions le Maître de la moisson
d'envoyer des ouvriers nombreux
pour donner le Christ à aimer.

Ce fut un moment très recueilli. Je ne pouvais retenir ma joie d'être là avec l'évêque, toute ma famille et mes amis, des prêtres, des moines de Chevetogne. Mon ancienne fiancée était là aussi. Elle était mariée et enceinte. En ce jour, je me sentais moi-même enfanté par l'Église, et comme portant une espérance toute cachée en moi.

Une règle de vie à écrire

Deux ans après mon engagement auprès de l'évêque, celui-ci me demanda de préciser l'orientation de Tibériade. Tout était clair en mon cœur, une espérance me brûlait. Mais dès que je prenais un papier, il m'était impossible de l'écrire, comme paralysé par la peur de la prétention.

Un prêtre me conseilla alors de partir quelques jours à l'écart. J'allai en France chez les bénédictines de Bayeux, proche de Lisieux. Je connaissais déjà la petite Thérèse mais j'appris qu'elle était la patronne des missions avec saint François-Xavier. Comme l'Église l'avait choisie pour la mission, d'emblée en confiance, je voulus la mettre dans le coup et je fis une halte à Lisieux…

Arrivé tard le soir, je trouvai la basilique fermée mais je fus accueilli à l'hôtellerie de l'Ermitage. Durant la nuit, je fis un rêve tout simple, tellement clair et beau qu'il me donna beaucoup de joie et de force pour sortir rapidement de mon lit. Deux images, comme deux flashs, s'étaient gravées dans ma mémoire.

La première image de ce rêve était l'intérieur d'une chapelle toute blanche. Dans le chœur, près de l'autel, sur un socle d'or, un cierge pascal était allumé.

La seconde image, c'était un grand verger dans lequel je me trouvais, un champ très vaste avec plein d'arbres fruitiers en fleur. Ces fleurs étaient blanches, légèrement teintées, un peu comme des fleurs de magnolias ; il y en avait des similaires dans le jardin de mes parents. Alors je me suis approché de l'un de ces arbres. Ses branches toutes fleuries retombaient jusqu'au sol, faciles à saisir et à cueillir.

Je quittai ma chambre avec ces deux images en tête. Mon cœur battait très fort en me rendant enfin dans l'église où repose la petite Thérèse. Étant arrivé, je jetai près de la tombe quelques fleurs que j'avais cueillies dans le jardin de Tibériade. C'étaient des acrocliniums. À genoux, je lus l'inscription sur la châsse : « Je passerai mon Ciel à faire du bien sur la terre. » Je fis directement cette prière : « Seigneur Jésus, petite Thérèse, expliquez-moi un peu ce rêve, cette chapelle blanche, ce verger… », et un éclairage intérieur se fit très vite :

« Marc, quand tu es à Lavaux-Sainte-Anne et que tu vois un arbre avec une seule branche en fleur, tu sautes les clôtures et tu grimpes de toutes tes forces pour la cueillir, même si cette branche se trouve au sommet de l'arbre. Et la branche, tu la déposes ensuite dans la chapelle de Jésus et de Marie. Eh bien, Marc, ton projet n'est pas quelque chose qui te dépasse. C'est un don de Dieu. Cueille seulement une branche fleurie à portée de ta main. Tu n'as qu'à la cueillir, la recevoir, et non l'arracher ni monter sur des hauteurs inaccessibles. Et cette petite branche que tu cueilles, dépose-là dans l'Église du Christ ressuscité. Ton espérance est un don de Dieu, ne crains pas ! »

Alors, dans mon cœur, une grande et profonde joie, une paix sereine m'envahirent avec la certitude d'être un simple instrument de Dieu, très pauvre mais confiant comme un enfant en la puissance lumineuse de Jésus ressuscité !

Un psaume

Un psaume me vint doucement sur les lèvres. J'étais étonné de le connaître par cœur intégralement alors que je n'avais jamais fait attention à lui et que ma mémoire est très pauvre. C'était le Psaume 130, et j'appris plus tard que c'était le préféré de la petite Thérèse :

> Seigneur, je n'ai pas le cœur fier
> ni le regard ambitieux,
> je ne poursuis ni grands desseins
> ni merveilles qui me dépassent.
> Non, mais je tiens mon âme égale et silencieuse.
> Mon âme est en moi comme un enfant,
> comme un petit enfant contre sa mère.
> Attends le Seigneur, Israël, maintenant et à jamais [16].

16. Ps 130 (131).

Lorsque nous voulons être le maître, tout nous dépasse et nous inquiète. Mais tout devient simple quand on se reçoit serviteur du Seigneur : « Je serai un petit serviteur, un petit enfant choyé sur les genoux de l'Église... Un petit enfant qui s'y repose et lui fait confiance. »

Le champ de l'Église est vaste

Je n'ai pas cueilli une grosse branche très haute mais une belle pousse fleurie, toute fraîche, celle qui était à ma hauteur. Je l'ai déposée au cœur de ce bois de Lavaux-Sainte-Anne et elle fleurit sans cesse dans notre chapelle. « Fais de ce petit bout de terre un Royaume ! » me disait un jour une personne handicapée.

Ce n'est pas seulement un arbre que j'ai vu mais un verger. C'est dire combien l'Église va se déployer ! « Comme un arbre planté au bord de l'eau qui étend ses racines jusqu'au fleuve, [...] et son feuillage reste vert » (Jr 17, 8). Déjà elle fleurit, cette Église : on voit l'éclat des nouvelles communautés, des familles prophétiques et des paroisses qui se renouvellent, et tout ce qui naîtra encore par ce message de vie, l'Évangile, que la terre entière attend de manière confuse.

Nous n'avons pas encore cueilli tous les fruits de la rédemption. Notre cœur se réjouira de voir émerger tôt ou tard ce que nous semons aujourd'hui dans la foi. Et quand, dans l'Église, « le souffle s'épuise[17] », une sève étonnante ranime l'arbre. Cette sève est encore toute cachée, mais elle est déjà puissante. Des fleuves de grâces irriguent des cœurs qui se convertissent dans le champ de l'Église. Des maisons, des paroisses, des communautés s'ouvrent à l'appel de l'Évangile, dans le souffle d'une Pentecôte suscitée par tant de témoins. Et cette évangélisation est suscitée d'abord par La Trinité et son envoyé spécial, le Christ, qui réveille la terre à l'amour. Son feu d'amour se répand par la brise légère de l'Esprit Saint : « Convertissez-vous et croyez à la Bonne Nouvelle » (Mc 1, 15). L'Esprit Saint descend sur ce monde endormi et le réveille par un baiser d'amour.

17. Voir prière des complies du mardi et Ps 142 (143), 4.

Jésus, viens à mon secours !

Après ces quelques heures à Lisieux, je confiai au Seigneur et à la petite Thérèse la mission que l'évêque m'avait demandée : préciser l'orientation de Tibériade.

À Bayeux je fus accueilli par une belle communauté. J'avais huit jours devant moi pour écrire ce travail et je me mis directement à la tâche. En main, j'avais juste la Bible et l'exhortation apostolique de Paul VI sur l'évangélisation du monde moderne [18].

Chaque jour, les sœurs me demandaient si cela avançait. « Non, dis-je, pas moyen de traduire sur papier ce qui m'habite ! » Il y avait comme une peur, un manque d'audace. Le cinquième jour, je commençai à paniquer, me disant que j'allais rentrer bredouille à Namur, sans rien d'écrit ! Alors je me fixai de ne pas quitter la chapelle du monastère tant que le travail ne serait pas terminé…

Le Saint-Sacrement était exposé toute la journée dans la chapelle, comme à l'habitude. Quelle ne fut pas ma surprise de pouvoir écrire chapitre après chapitre devant Jésus-Hostie ! Devant lui mon cœur se délia. Je me mis à écrire sans trop de peine, et j'ai rarement eu autant de joie et d'émotion à écrire simplement ce qui m'habitait et me brûlait déjà depuis longtemps. C'était comme une douce source que je pouvais laisser jaillir. Une des sœurs corrigea les fautes d'orthographe et me tapa le texte à la machine pour que cela soit plus lisible pour l'évêque !

Je relis maintenant ce petit texte qui est vraiment fondateur pour la communauté. Il cristallise en quelques pages toute l'espérance de Tibériade. En voici quelques extraits :

Quelques intuitions de base

Jésus est notre fondateur ; aussi, toutes nos intuitions, nos inspirations, nous les trouverons en Jésus lui-même, en sa vie et en ses Paroles. Aussi, avec l'Église, je vois, je me penche et j'approche de « mon Seigneur et mon Dieu », et j'écoute […].

18. Paul VI, exhortation apostolique *Evangelii nuntiandi*, 8 décembre 1975.

Le célibat

Renoncer à une épouse, à la paternité... seulement à cause de Jésus ; vivons pourtant en amoureux du Christ et de l'Église, amoureux de l'humanité [...].

Tu as la plus belle épouse : l'Église. Tu es déjà aux noces. Tu sais combien l'homme d'aujourd'hui a besoin de voir. Eh bien ! le don de ton corps et de tout ton être rend visible le Royaume [...].

Renoncer à soi-même sera notre plus belle et grande pauvreté. Volontairement, nous chercherons à maintenir une vraie simplicité de vie : ne rien posséder en propre [...].

Notre pauvreté nous rend dépendants et unis au monde et au Christ. Dans sa radicalité, notre frère saint François l'illustre bien [...].

La vie fraternelle

Notre vocation au bonheur ne peut naître que dans l'amour mutuel. Regardons nos cœurs quand la tristesse ou le découragement nous tenaille : c'est que nous n'aimons pas assez. L'amour est simple, il se complique si nous nous recherchons. Aimons comme le Christ [...].

Être un petit frère tout terrain

Un petit moineau apprivoisé des Ardennes qui, encore sauvage, devient docile à l'Esprit Saint pour répondre à divers appels de l'Église [...].

Spécificité de la mission

Tibériade serait donc le lieu de repos, de désert, d'accueil, de vie fraternelle, base d'envoi et de retour. Faire le point avec Jésus qui écoute les fruits,

les difficultés de la mission. Avec lui, rendre grâce par la prière, recevoir des encouragements nouveaux dans la Parole et par le discernement pour réajuster la mission. Vie pérégrinante, répondant à des appels précis.

Plutôt que de cloisonner notre vie, essayer de faire un tout. Cette vie de mission peut succéder à un long temps de désert, ou l'inverse [...].

La formation : une école buissonnière

L'acquisition de l'Esprit Saint avec l'amour de l'Église et de l'Évangile, voilà le meilleur maître, inspirateur, répétiteur de ce qu'il faudra dire. Le

monde a soif surtout de témoins, de prêtres pauvres, témoins joyeux de l'amour fou de Dieu.

Un frère ayant une formation biblique forte et spirituelle, approfondissant les Pères et les textes conciliaires, les encycliques importantes, principalement des trois ou quatre derniers papes, en saurait déjà beaucoup et trouverait déjà là une base solide, une synthèse théologique. De plus, si cela est assimilé dans un climat de prière, d'ouverture à l'Esprit Saint et à la charité fraternelle, l'accueil, c'est déjà un bon bagage.

Des vies de saints bien faites peuvent aussi nous aider et illustrer l'histoire de l'Église. Ces lectures peuvent nous montrer comment des hommes ont vécu l'Évangile de Jésus.

L'accueil

L'accueil sera notre première mission : accueil des familles, des jeunes, des marginaux cherchant chaleur fraternelle, réconfort, silence et prière.

La table et la chapelle seront les lieux privilégiés du partage et de la rencontre... comme dans une famille [...].

Le travail

Chacun travaillera de ses mains, même ceux qui sont plus absorbés aux études.

Chacun aura une tâche précise mais ne devra pas se sentir indispensable. Vu le va-et-vient de la mission, les tâches doivent être interchangeables ; cela facilitera notre détachement... de nos petits domaines, car parfois nous risquons vite de créer des petites propriétés privées [...].

Le travail du pain, pétri à la sueur du front, image non seulement symbolique mais réelle, nous donnera la saveur d'un pain complet qui soutiendra notre corps pour mieux goûter la Parole de Vie et le Pain de Vie. En faisant le pain, nous prierons pour ceux qui le consommeront, ces visages inattendus qui viendront, ces nouveaux frères, les frères en retour de mission ou qui partent porter les pains du four et le Pain de Dieu [...].

7

L'appel à la persévérance

Quand un pauvre crie, le Seigneur entend

Un après-midi d'hiver ensoleillé, j'avais inscrit sur des blocs de terre glaise, avec un grand délice artistique, une phrase du prophète Isaïe en belles lettres : « Ne te dérobe pas à ton semblable, alors ta lumière jaillira comme l'aurore » (Is 58, 7-8). Le soir même, Christian, un pauvre, vint me demander de l'accueillir à Tibériade. Il me fit peur et je le reçus en me disant qu'il ne ferait pas long feu ici et que le lendemain je le renverrais gentiment ailleurs.

Le lendemain matin, je retrouvai dehors les blocs de terre fissurés parce qu'il avait gelé. Le soleil revenu, avec un ciseau à bois, je retravaillai les lettres effritées puis je partis porter à l'oratoire les blocs de mots qui composaient la phrase. Subitement, le bloc qui portait le mot « semblable » m'échappa des mains et il se cassa à mes pieds. Alors je me dis : « Maintenant ne te dérobe pas au pauvre, à Christian. Vis la Parole en actes, arrête de te faire illusion et rends la Parole vivante. »

Durant des mois je fus seul avec lui, il fut mon compagnon de solitude. Il fabriquait des fagots de bois pour cuire le pain. Je lui avais confié aussi le soin des poules. Il veillait sur elles avec amour et spécialement sur une belle poule qui couvait à l'étable.

Lors d'un dîner, je lui confiai mon intention de quitter Tibériade durant quelques mois pour me former. C'était l'hiver. J'étais essoufflé du travail, des échecs, de la solitude et de ne voir aucun frère partager cette vie pour toujours. Comme un lion il sauta de colère et il me dit avec une nette assurance : « Ça fait douze ans que tu vis ici. Moi je soigne une poule qui couve depuis quinze jours. Si maintenant elle quittait ses œufs, tout serait foutu. Les futurs poussins presque formés et cachés sous la coquille mourraient de refroidissement. Il faut que tu restes ici sur le nid de Tibériade, sinon tout refroidira. »

Sa parole fut convaincante. Cette parabole me parla plus qu'un discours de sage. Pour moi elle était une claire parole de Dieu : « Frère, demeure dans la persévérance, va jusqu'au bout. Demeure sur le lieu. À courir à gauche et à droite les œufs prendraient froid. La dispersion empêche l'éclosion. » Je compris qu'il me fallait être fidèle à ce lieu, l'habiter, maintenir le nid bien chaud par une joyeuse persévérance pour rendre possible la venue de frères.

Là, le Malin fut démasqué. Jésus parle à travers ses pauvres. Dans la patience et l'humilité du temps on obtient tout. Vis la grâce

Merci, sœur poule, pour ta persévérance !

du présent et demain s'occupera de lui-même. La persévérance et la « demeurance » en Jésus sont fécondes et donnent la vie. Oui, le Seigneur m'avait donné de ne pas me dérober à Christian et, à travers lui, la lumière m'était maintenant donnée.

Grâce à cette persévérance le Seigneur donna une aurore à Tibériade : de bons frères vinrent avec le temps… Christian m'a aidé par cette parabole à rester sur cette terre bénie.

Onze petits poussins

Huit jours après Pâques, onze poussins ont cassé leur coquille. J'ai vu deux petites têtes de poussins jaune vif qui sortaient d'entre les plumes de leur mère comme par une fenêtre. D'autres étaient sur son dos.

Pour moi ce fut comme une image anticipée des frères apôtres dont le Seigneur me comblerait. Quand je vois cette couvée, je pense très vite à l'Église et à la Mère de Dieu. L'Église n'étouffe pas ses petits, ses ailes sont ouvertes et peuvent s'étendre à l'infini.

L'Église nous mène sur le chemin de la sainteté. Elle nous montre où est la vraie nourriture, la source, les pièges à éviter, comment s'aimer. Elle nous donne la becquée.

Marie, image de l'Église, notre Mère, modèle évangélique, tendresse de Dieu, tu es bien plus qu'une mère poule ; quoique, de temps en temps, ça fasse du bien d'être au chaud sous ton manteau.

Ils boivent la rosée

Tôt ce matin je regarde encore des poussins. Ils se lèvent avec le soleil. Je les vois déjà gratouiller la terre comme leur mère. Ils lui ressemblent, ils font les mêmes gestes.

Toi, mon frère, regarde et laisse-toi pénétrer des gestes des saints de Dieu. Tu leur ressembleras.

« Mais comment boivent-ils ? Il n'y a pas de mare, pas d'eau de pluie. » Alors je vois un petit poussin boire la rosée, une goutte du matin posée sur l'herbe.

Il nous faut aussi goûter aux sources du matin, à la fraîcheur de la prière matinale. Jésus y trouvait vigueur quand, dès l'aube, sur la montagne, il priait le Père et descendait transfiguré pour la mission. Il nous faudra, frère, expérimenter cette prière solitaire sur la colline de Lavaux-Sainte-Anne ou d'ailleurs, pour prier le Père à la manière de Jésus.

Chaque matin de printemps ou d'été, quand le soleil est levé, les herbes sauvages et les feuilles se laissent couvrir de rosée : fraîcheur de Dieu. Si tu es triste, va sur la montagne, monte plus haut, sors, va voir la rosée du matin. Jésus te lavera les yeux et te baisera le front.

Une longue attente

Les premières années furent très dures et les moments de paix et de lumière rares. Je me sentais tellement pauvre ! Il y avait un va-et-vient de jeunes postulants mais ils ne restaient pas longtemps.

Souvent, on me demandait : « Combien êtes-vous ? » Cela variait de quatre à deux, de deux à trois, de trois à un. À cette époque je voyais des belles communautés telles que l'Emmanuel, Saint-Jean, les Béatitudes ou les Frères et Sœurs de Bethléem qui n'arrêtaient pas de grandir.

Durant ces années, j'ai vécu aussi quelques belles réalités mais il n'y avait pas assez d'unité, de confiance. Tout était difficile pour prendre une décision. Je manquais visiblement d'expérience et n'avais aucune racine. Je m'étais entouré d'un conseil de prêtres pour être aidé et éclairé. Il me fallait marcher sur l'eau dans la foi et attendre.

Une nouvelle chapelle

À cette époque, notre petite chapelle de l'accueil devenait trop petite. Un jour, un prêtre jésuite me conseilla d'en construire une plus grande un peu plus loin. Je demandai quelques signes au Seigneur et, le lendemain, trois architectes arrivèrent en même temps sans se consulter ni se connaître. Je leur parlai d'un projet de chapelle, leur demandant s'ils ne pouvaient pas m'aider. Un des trois resta huit jours à Tibériade avec sa femme alors qu'ils comptaient séjourner dans un hôtel chic des Ardennes. Ils ont logé ici dans une petite chambre peuplée d'araignées, avec un petit poêle à bois ! Nous avons pu réfléchir, prier et dessiner. Luc, l'architecte, m'aida beaucoup par sa souplesse. Avant j'ignorais qu'il fallait des plans et des autorisations de toutes sortes.

« Cet âtre exprime le feu de Pâques que Jésus ressuscité allume au bord du lac de Tibériade. »

Je rêvais d'une chapelle familiale, chaleureuse. Je rêvais même de pouvoir y habiter. Je voulais construire autour du chœur des petites chambres-ermitages pour prier et se reposer auprès du Seigneur : « habiter la maison du Seigneur tous les jours de ma vie » (Ps 27, 4). Et je voulais aussi prévoir un feu ouvert, un âtre sur un des côtés de la chapelle. Pour moi, cet âtre exprime le feu de Pâques que Jésus ressuscité allume au bord du lac de Tibériade : c'est l'aurore de l'Église. C'est le feu de l'Esprit Saint que Jésus veut allumer sur toute la terre.

Certains soirs, j'aime allumer cet âtre au moment de l'adoration. Ce feu allumé évoque aussi pour moi l'hôte intérieur, l'Esprit Saint. C'est gai d'entendre crépiter le feu et de voir la lumière se répandre sur le visage des frères, encore plus lumineux par leur regard fixé sur Jésus-Eucharistie.

Je voulais aussi un autel qui soit suggestif de notre aventure, qui oriente notre regard vers le Christ. Un jour, en faisant de l'auto-stop, une idée m'avait traversé : faire un autel en forme de barque. Cette barque, c'est l'Église, et je m'y embarque avec le Christ. Sur la barque il y a aussi le mât de la croix où je m'accroche. Devenir pêcheur d'hommes demande de travailler en Église, en fraternité, car sur une barque il faut travailler en équipe. On ne peut pas en même temps tenir le gouvernail, tendre la voile, ramer et tirer les filets. Il faut au moins être trois, mais douze, comme les disciples, c'est encore mieux. Et l'on peut aussi imaginer les voiles de l'Esprit, attachées au mât de la croix, qui font avancer l'Église. Mais il nous est aussi demandé de ramer, d'avancer au large et de jeter les filets, c'est-à-dire de mettre en application les paroles du Christ. Cette barque est une catéchèse.

Pas de pierre pour bâtir

Je n'avais aucune pierre pour bâtir cette chapelle. Alors Antoine, un jeune qui fit un bout de chemin ici, me proposa d'aller démonter une très ancienne grange du côté de Fumal, près de Liège. Nous l'avons démontée à la main, avons numéroté certaines pierres et en avons ramené plusieurs tonnes en dix camions. Nous avons aussi reçu l'aide de deux manœuvres, dont un vieux maçon expérimenté.

Un bulldozer à la rescousse

Au début de ce projet de la chapelle, alors que je participais à la réunion d'un groupe de prière à Bruxelles, il nous fut demandé de partager nos espérances. Alors je me mis à expliquer le projet de cette future chapelle et demandai à tout hasard aux membres du groupe s'ils n'avaient pas dans leur jardin des tas de vieilles pierres qui traînaient. Une dame me répondit très vite qu'elle en avait chez elle. J'étais heureux de cette réponse si vive !

Quelques jours après, je partis avec un gros camion-grue dans les Ardennes pour récupérer ce tas de pierres. Arrivés sur place, je découvre une montagne de pierres, dont certaines étaient énormes ! Mais ce tas était couvert d'arbres et de ronces et il était impossible pour notre petite grue de sortir les pierres de ce tas… Le camionneur était prêt à partir mais je refusai de repartir tant que toutes les

Démontage de la grange en ruines pour récupérer les pierres de la future chapelle.

pierres ne seraient pas sur le camion ! Dans mon cœur, je priais le Seigneur…

Alors je me souvins qu'à cinq kilomètres de là, j'avais aperçu un bulldozer rangé près d'un garage pour grosses machines. Avec la voiture d'un ami, nous sommes allés sur place pour demander s'il était possible de nous prêter ce bulldozer. J'explique alors au mécanicien qu'il me faut absolument des pierres pour construire une chapelle et que nous avons besoin de ce bulldozer pour mettre les pierres dans le camion. Il appelle alors son patron qui m'écoute gentiment mais me dit ne rien pouvoir faire pour moi étant donné que ce bulldozer ne lui appartient pas et qu'il est là en réparation. « Est-il réparé ? » demandai-je. « Oui », me répond-il. Je téléphone alors au propriétaire du bulldozer qui me dit être dans l'impossibilité de faire ce travail maintenant. Je lui demande si l'ouvrier du garage pourrait exceptionnellement le conduire et, après quelques supplications, il accepte. Le garagiste est tout étonné et je lui demande s'il accepte de faire ce travail. Devant la bonté du propriétaire du bulldozer, il acquiesce avec un grand sourire. Un quart d'heure après, nous étions devant la montagne de pierres et, en quelques heures, l'homme avec son bulldozer renversa la montagne ! Je pus choisir les plus belles pierres, dont des superbes pierres d'angles, et le camion en fut comblé ! Nous étions tous étonnés de voir qu'à travers la bonté du Seigneur et celle des hommes, tout est possible !

J'ai toujours pensé qu'il fallait être tenace pour commencer une aventure. Ces pierres m'avaient été données de manière providentielle et elles devenaient des pierres de fondement de notre chapelle. Aussi devons-nous faire appel à la bonté du Seigneur et des hommes. J'avais remarqué ce bulldozer, pourquoi ne pouvait-il pas servir ? Il nous faut être attentifs sur toutes nos routes !

J'avais tout pour commencer la chapelle : un plan, des pierres, des maçons, et puis le reste était remis à la Providence. Cette chapelle s'éleva alors doucement. Avec peu d'argent nous avons commencé.

Jésus, architecte de ta vie

Dans l'ancienne étable de Fumal à démolir, il y avait huit grosses poutres hexagonales qui retenaient des petites voûtes. Ces poutres tombaient bien pour faire des colonnes dans notre nouvelle chapelle mais elles étaient trop courtes de 60 centimètres. « On va y mettre des socles en pierre ! » Les frères rassemblent alors quelques très grosses pierres provenant d'un ancien château et les amènent près de la route afin de les transporter vers une scierie. Là, des disques puissants pourront couper les pierres en forme hexagonale avec des côtés de 23 centimètres et une hauteur de 60 centimètres.

Avant qu'un camion-grue ne vienne les chercher, le maçon, le vieux Léon, me conseille de téléphoner pour savoir ce que cela coûtera :

« 50 000 francs » (environ 1 250 €), répondit l'employé du bureau de la carrière de pierres.

« Non, me dis-je, il faut trouver un moyen moins onéreux, plus modeste. 50 000 francs pour des socles, c'est trop cher ! »

Je suis ennuyé, car les frères ont travaillé rudement pour amener au bord de la route ces grosses pierres. Je leur confie qu'il vaut mieux trouver autre chose. Ils comprennent le changement.

Au matin, nous partons à la briqueterie de Wanlin, un petit village à côté de Lavaux-Sainte-Anne. Depuis quelques mois j'y ai repéré des tas de briques posées sur des palettes pourries. La secrétaire de l'usine est d'accord pour me les donner mais le nouveau patron semble très près de ses sous… Je sonne au bureau. La secrétaire va trouver le patron. « C'est foutu », me dis-je. Après dix minutes, le patron descend de l'étage et je lui montre les vieux tas. Je lui explique que c'est pour une chapelle, que nous n'avons que des petits moyens :

« Ici on vend tout, que ce soit pour une chapelle ou une maison !

– Donnez-nous ces briques, un patron peut être bon. Le Seigneur sera content et nous plus encore ! Il y a de la mousse dessus, on ne peut plus les vendre. »

Alors il céda devant notre persévérance :

« Allez, prenez ces tas et laissez-moi tranquille. »

Nous avons souvent des préjugés sur le cœur des patrons ; mais ils sont parfois si bons !

« Merci, merci ! »

Le camion est déjà là car nous étions sûrs que ces briques nous seraient données. Quelle joie de lancer les briques dans la benne du véhicule ! Qu'est-ce qu'on a du plaisir à recevoir cela comme un cadeau ! Les briques sont bien un peu bizarres car un des côtés est biseauté, coupé en oblique, et la pointe de l'oblique est comme recoupée. Mais pour nous ce n'est pas trop grave : on mettra juste plus de ciment pour combler le trou !

Nous ramenons donc deux camions de briques à Tibériade. Sur le chantier, Léon, le maçon, les regarde : en les mettant les unes contre les autres, il constate que ces briques coupées en oblique nous permettent de faire un parfait hexagone. Grâce à leur forme particulière nous arrivons facilement et précisément aux 23 centimètres ! C'est comme un petit miracle et nous voyons là que le

Construction de la chapelle : on peut voir deux des poutrelles hexagonales reposant sur leur socle en brique.

Seigneur veille sur la construction de cette chapelle. Dieu travaille au millimètre près ! Le maçon en est stupéfait :

« Avez-vous commandé ces briques sur mesure ?

– Non, elles nous ont été données telles quelles ! »

Même si des socles en pierre auraient été plus beaux, ces socles en brique furent pour nous comme une évangélisation, une invitation à la confiance et à faire avec des moyens sobres, comme un appel à vivre de la Providence. Ces colonnes de brique sont comme une parabole qui nous dit que Jésus est l'architecte de notre vie. Si nous l'adorons, si nous nous remettons à lui comme des petits enfants, alors il fait des merveilles. Et s'il le fait pour une église de pierre, il le fait plus encore quand nous lui demandons l'Esprit Saint ou des ouvriers pour la moisson, ou encore l'amour des ennemis. Rien ne lui échappe, tout est dans ses mains. « Même vos cheveux sont tous comptés » (Mt 10, 30).

La Providence : laisser Dieu agir

Construisons au jour le jour. Si nous avions eu beaucoup d'argent, Jésus n'aurait pas pu manifester son soin et son souci pour ces colonnes. Dans notre pauvreté, Dieu a de la place pour manifester sa présence. Voir la trace de Dieu, son passage en toute chose et en tout être vivant nous évangélise. Travailler avec des petits moyens nous réjouit davantage.

Dieu connaît nos besoins, il sait quelles pierres il faut à la construction de notre édifice spirituel. « En lui, vous êtes, vous aussi, des éléments de la construction pour devenir par l'Esprit Saint la demeure de Dieu » (Ep 2, 22).

Parfois, pour l'édification de notre vie spirituelle, nous avons besoin de telle pierre avec un contour que Dieu seul connaît. Lui, le Christ, nous la donne si nous nous retrouvons pauvres mendiants. Recevons ces pierres d'édification dans la patience et laissons-nous surprendre par la bonté de Dieu.

8

L'exil

Le creuset

Nous étions en pleine construction de la chapelle. C'était un défi. Je devais trouver moi-même la manière et les moyens de construire. En plus, j'étais encore un apprenti dans la vie spirituelle et j'avançais dans la foi à tâtons. À cette époque, quelques postulants et novices étaient là, ainsi qu'une famille. Des incompréhensions, des critiques et des jugements surgirent. De toutes parts j'étais accablé de reproches, d'idées folles. Je me retrouvais seul. Le petit conseil de prêtres me dit : « Tes frères et ceux qui te sont proches pensent que c'est mieux que tu partes de Tibériade pendant un an, et nous le pensons aussi. »

Je reçu cela comme un glaive : personne pour m'aider ! Cela avait été préparé et conclu pendant une absence, quand j'étais parti conduire un pauvre en France. C'était le rejet, et je pensais à ceux qui expérimentent cette souffrance d'une séparation violente dans un couple, dans un travail, dans une école, dans une communauté. Moi qui suis pauvre pécheur, je comprenais plus intimement la souffrance de Jésus au jardin de Gethsémani. Lui qui était saint, qui était exempt de tout péché, l'Agneau sans tache, quelle expérience de souffrance il a dû vivre !

Dans toute réalité de tension ou de division, les torts ne sont jamais du même côté. On peut, par toutes sortes de circonstances, tout regarder à la loupe, critiquer et faire grossir des limites et des manques d'expérience.

C'est le moment d'obéir, c'est le moment de l'abaissement. Pour le disciple, cela fait partie de la suite de Jésus. « Celui qui veut être mon disciple, qu'il prenne sa croix et qu'il me suive » (Mc 8, 34). C'est un temps d'enfouissement non choisi, forcé. C'est être le petit grain enfoui sous terre. Il faut le chanter et le vivre :

Grain de blé qui tombe en terre, si tu ne meurs pas,
Tu resteras solitaire, ne germeras pas.
Qui à Jésus s'abandonne trouve la vraie vie,
Heureux l'homme qui se donne, il sera béni.

Je savais que c'était le temps du creuset. Il me fallait partir et je ne savais pas où aller. Je fus accueilli d'abord chez les Petites Sœurs des Pauvres à Namur. Je me confiai à sœur Térésa qui me consola avec son accent portugais : « C'est que Dieu a un bon projet pour vous et que le démon n'est pas content. Obéissez et partez. Notre fondatrice, Jeanne Jugan, fut rejetée par des sœurs aînées à la fin de sa vie. » « Mieux vaut au début qu'à la fin de ma vie ! » me dis-je.

À Bruxelles, une famille amie m'accueillit avec plein de compassion et de tendresse. Ils me firent la joie d'être parrain de leur petite Thérèse. Le 8 décembre, je partis pour le monastère cistercien du Mont-des-Cats. Le Père André Louf m'y accueillit. J'arrivais meurtri au plus profond de moi. J'attendais sans cesse des nouvelles de la fraternité. Au début, je logeais à l'hôtellerie et à chaque coup de téléphone je me disais : « C'est peut-être pour moi ; ils vont me demander de revenir. » Mais rien. Chaque matin, après les laudes, j'aspirais à une petite lettre. Mais rien. Oui, il me fallait vivre ce creuset. Quand j'entendais le Psaume 54 à l'un des offices chantés par les moines, ces paroles avaient un tel écho :

Je suis troublé par les cris de l'ennemi
et les injures des méchants.
Ils me chargent de crimes,
pleins de rage, ils m'accusent.

Mon cœur se tord en moi,
la peur de la mort tombe sur moi,
crainte et tremblement me pénètrent.
Un frisson me saisit.
[...]

Si l'insulte me venait d'un ennemi,
je pourrais l'endurer,
Si mon rival s'élevait contre moi,
je pourrais me dérober.
Mais toi, un homme de mon rang,
mon familier, mon intime.

Que notre entente était bonne
quand nous allions d'un même pas
dans la maison de Dieu [19] !

Durant cette période, dans cet enfouissement réel, je ne sentais plus rien, si ce n'est un essoufflement dû à la souffrance. Mais au profond de moi une petite voix me disait : « Tout ceci est très fondateur pour l'avenir. Le Seigneur se sert des événements et en tire parti. » Il m'était demandé d'accueillir dans la foi cette retraite forcée.

Les moines étaient très gentils. Ces cisterciens étaient habillés comme des pingouins blanc et noir, et moi en moineau bleu. Avec eux je priais au chœur, dans les stalles. Il y en avait toujours un qui se levait pour me trouver la bonne page. Je profitais aussi des cours qui étaient donnés aux novices certains après-midi. Avec une équipe nous fabriquions du fromage avec du lait caillé. Je dormais dans un grand dortoir qui était coupé de petites chambres en alcôves. Je ne savais si c'étaient tous les pieds ou les effluves de fromages entreposés dans les caves qui donnaient une légère odeur.

J'avais la chance d'être encouragé par l'hôtelier et le Père André Louf qui me rassurait sur mon équilibre, sur mes jugements et discernements. Il me disait : « Votre place n'est pas ici. Il est impossible qu'il y ait un jour une fraternité chez vous s'il n'y a pas un père. » Depuis mon départ je m'étais dit qu'il fallait chercher quelqu'un d'autre pour me remplacer : un prêtre, un moine, ou simplement un des jeunes frères arrivés. « Ce père, c'est vous. On ne peut pas fonder s'il n'y a pas de fondateur, aussi jeune qu'il soit. » C'est vrai. Le fondateur, c'est d'abord le Christ, mais il m'était demandé d'en être l'instrument. J'avais écrit *Jésus, notre fondateur*, qui est l'intuition de Tibériade, et cette intuition est de vivre la vie du Christ.

Il y avait au Mont-des-Cats une très belle communauté dans laquelle je me glissais, comme porté par elle. Après quelque temps j'eus quelques visites et des nouvelles m'arrivaient, mais il n'y avait pas de possibilité de retour. Un jour me paraissait une semaine. J'étais las d'attendre.

Après les offices et l'étude, le matin à l'hôtellerie je balayais le balatum des chambres d'hôtes, vidais les poubelles, récurais les éviers

19. Ps 54 (55), 3-16.

pour ceux qui seraient accueillis. Je me souviens particulièrement d'un travail : un jour, j'étais à la rénovation d'une grande caravane qui servait d'ermitage. J'étais glissé en dessous et je l'enduisais de bitume. Et je me sentais écrasé, incapable, perdant toute confiance en moi, tremblant.

Je me tournais sans cesse vers le Seigneur, demandant qu'il me redonne paix et patience. Ce creuset me labourait. C'est une expérience de descente que nous connaissons tous un jour. Elle nous permet de mieux comprendre le découragement extrême et les grandes souffrances qui mènent parfois à la dépression.

Alors que je vivais cet exil au Mont-des-Cats, le pape Jean-Paul II était venu en Belgique. Je m'étais réjoui de sa venue. J'avais même espéré le rencontrer à Beauraing, un sanctuaire marial que nous aimons beaucoup et qui est situé à seulement douze kilomètres de Lavaux-Sainte-Anne. J'avais même rêvé, de manière très innocente, que son hélicoptère vienne faire une escale de cinq minutes à Tibériade… Jamais je n'aurais cru être absent de cet événement d'Église.

Le Père André Louf continuait à me soutenir. Il me disait : « Chaque ami du Christ vit son Égypte, son exil. Le Christ aussi a été en exil en Égypte, rejeté par Hérode. Mais regarde la Terre promise. » Pour moi, la Terre promise, c'était Lavaux-Sainte-Anne, cette terre précise où le Seigneur m'appelait à demeurer pour y faire germer et fleurir une fraternité.

Je vécus Pâques avec toute la communauté. J'attendais la Pentecôte avec impatience pour aller, avec l'autorisation du Père abbé, faire un saut à Tibériade pour communier avec mes frères dans ce vent de Pentecôte qui donne l'unité. Mais l'accueil ne fut pas unanime. Je dus retourner traverser un grand vent de tempête : une pluie torrentielle tombait alors que je faisais du stop sur une bretelle d'autoroute pour rejoindre Lille et le Mont-des-Cats. De gros camions m'éclaboussaient et j'étais mouillé jusqu'aux os. La vitesse des camions m'aspirait et je restais attaché à la bordure, tenant à la vie.

Arrivé au monastère, l'abbé m'accueillit avec bonté devant l'échec de ma visite. La vie continua encore deux mois ainsi, puis je reçus un coup de téléphone du prêtre qui m'avait demandé de partir : « Marc, il est bon que tu reviennes. Tous tes frères sont presque partis. Tu peux rentrer dans la paix. »

Le lendemain, je quittai le monastère et, arrivé à Lavaux-Sainte-Anne, l'accueil fut très simple. Je pouvais enfin m'agenouiller sur la grosse pierre rude de la petite chapelle de la Transfiguration. Le soleil y pénétrait, caressant l'icône de la Mère de Dieu et la statue de saint Joseph. Je retrouvais l'odeur du bois, de la cuisine, de l'encens. La tempête était passée. Je retrouvais la douceur et la beauté du lieu.

Le pardon

Toute cette histoire est déjà très loin. Il me paraissait utile d'écrire ce passage très dur de manière à montrer que rien ne se construit sans peine. Si nous sommes amis du Christ, nous vivons avec lui le mystère pascal : « Voici une parole sûre : si nous sommes morts avec lui, avec lui nous vivrons. Si nous supportons l'épreuve, avec lui nous régnerons » (2 Tm 2, 11-12).

Toute cette petite équipe de l'époque a continué son chemin dans le Christ, dans le mariage pour la plupart. Je peux dire qu'un pardon mutuel a été donné. C'est avec joie qu'il m'est donné aujourd'hui de voir leurs enfants et même de les accueillir. Il ne faut même pas chercher qui a eu tort ou raison, Dieu seul le sait. Mais il faut savoir que Dieu est plus grand que nos limites, nos maladresses qu'on ne perçoit même pas dans notre aveuglement – le mien d'abord – et qui pourtant éclatent aux yeux des autres. Dieu peut se servir de toute circonstance pour mener à bien et donner sa miséricorde à chacun. Dieu n'a pas d'ennemi, c'est l'homme qui parfois se fait son ennemi ou se fait des ennemis.

Je ne regrette pas d'avoir vécu ce temps d'épreuve, car la souffrance fait creuser, approfondir, se dépouiller. Elle nous rapproche de Jésus. Nous découvrons alors combien la croix est féconde et sauve.

J'aurais pu ne pas obéir, mais je crois qu'alors Tibériade ne serait pas née, car l'obéissance sauve, elle est rédemptrice. C'est une obéissance d'amour. Partir, même si cela m'était très pénible, devait être une réponse d'amour. Et aujourd'hui je n'ai pas fini de rechercher cette obéissance et de répondre à l'amour du Christ et de mes frères et sœurs. L'obéissance et l'écoute sont un chemin continu.

La pauvreté, la chasteté et l'obéissance, les conseils de l'Évangile nous sont donnés pour construire notre vie selon le Christ. Je crois à ces balises essentielles de la vie consacrée. Vivre ces conseils évangéliques dans les moments critiques ou dans l'ordinaire des jours nous sauve et nous lance humblement sur le chemin de la sainteté. La sainteté n'est pas seulement pour les autres, tu y es aussi invité.

9

Une nouvelle étape

Découverte de saint Joseph

La construction de la chapelle continua. Elle avait avancé durant mon absence. Le Seigneur manifesta sa grande bonté à travers un donateur généreux, ce qui nous permit de continuer à la construire, à payer la charpente et des dettes. J'avais confié toute cette construction à saint Joseph.

Une nouvelle étape commençait. Suite à ces nouveaux départs de frères, des personnes me disaient : « Comme Charles de Foucauld, tout naîtra après ta mort ! » (Charles de Foucauld n'eut des disciples qu'après sa mort). Cela ne me consolait guère et je n'avais pas la carrure de Charles de Foucauld. Au plus profond de moi j'avais encore la certitude que je recevrais des frères qui tiendraient. Je le croyais dans la foi, au-delà de tous ces échecs.

Je suivis la parole d'un moine qui m'avait conseillé d'aménager quelques chambres et même d'y mettre des draps dans les lits – draps qui eurent le temps de jaunir avant l'arrivée des premiers frères ! – pour manifester mon attente et ma détermination dans la foi.

Un jour, un hôte de passage me conseilla de prier saint Joseph. Ce saint, je me mis à beaucoup l'apprécier, à l'aimer et le découvrir comme quelqu'un de très efficace et de très pratique, tout tourné vers le Christ et Marie. Un vrai serviteur caché, indispensable pour ce qui commence.

Oui, j'avais besoin d'être aidé du Ciel pour cette aventure. La découverte de Joseph de Nazareth fut source de joie et de réconfort, et même de simplification dans ma vie avec le Christ et l'Église.

Joseph, tu es un saint dont on parle presque à voix basse. On te garde même parfois dans le silence, de peur d'être ridicule ou de tomber dans de vieillottes piétés ; de crainte de te faire sortir du silence, toi qui as travaillé à l'histoire du salut avec tant de discrétion, toi qui as quitté cette terre sur la pointe des pieds…

Un saint rétro ?

Joseph, tu n'as rien de vieillot, si ce n'est les statues qui te vieillissent encore alors que tu pourrais avoir trente ans ! Tu tiens toujours en main une fleur de lys séchée mais cela n'éclaire pas très bien ton visage… Jean XXIII t'aimait beaucoup et t'a choisi comme protecteur du concile, et ça n'a pas mal réussi ! Tu n'es pas patron d'un certain type d'Église, mais patron de toute l'Église. Joseph et Marie, vous êtes l'outre neuve qui a contenu et gardé le vin nouveau : le Christ.

Pas un rat de bibliothèque, un rat des champs

Ce n'est pas en fouillant dans de vieilles bibliothèques que j'ai découvert Joseph de Nazareth, mais plutôt à l'école buissonnière, dans les champs, au gré des rencontres et des événements très concrets de la vie. Si, au début, ma découverte était un peu cocasse, elle s'est ensuite approfondie sur l'attitude intérieure de Joseph, témoin et serviteur du Christ et de Marie, serviteur et gardien de la toute première « Église domestique ».

Joseph et les commencements

Joseph est toujours dans tous les commencements. Il a été choisi à l'aube des temps nouveaux. Beaucoup de fondations nouvelles, des familles, des paroisses et des communautés le découvrent ou le redécouvrent dans un retour aux sources. Dans le nouvel élan d'évangélisation, nous pouvons trouver une aide en ce juste serviteur du Christ. Il est toujours gardien et serviteur de l'Église dans tout ce qui commence ou recommence à naître.

Joseph, un saint d'avenir pour aujourd'hui

C'est un jeune saint pour les jeunes générations. Souvent on nous l'a présenté comme un vieillard « inoffensif », comme pour assurer qu'il a bien été chaste. Non, il pouvait être jeune et vivre dans la chasteté et la grâce de sa vocation très particulière. Il est accessible à tous, et pour tous les états de vie. Il n'est ni prêtre ni moine, mais laïc. Tout baptisé peut s'y retrouver et puiser un peu de sagesse. Il est un appel à la sainteté du quotidien. Paul VI dira : « Saint Joseph est le modèle des humbles que le christianisme élève vers le grand destin. Il est la preuve que pour être de bons et authentiques disciples du Christ, on n'a pas besoin de grandes choses ; il faut seulement des vertus communes, humaines, simples, mais vraies et authentiques [20]. »

En ce temps où l'Église travaille pour s'ouvrir davantage aux laïcs, toi Joseph, tu es en quelque sorte le premier laïc ; tu as quelque chose à nous dire sur la sainteté, sur l'Église, sur la famille d'aujourd'hui.

Quelle joie !, ton actualité a été confirmée par la lettre apostolique de Jean-Paul II intitulée *Joseph, gardien du Rédempteur* [21]. C'est court et facile à lire ; cela consolidera et complétera ces quelques pages.

« Mets Joseph dans le coin »

Au début de Tibériade, un vendredi, après avoir reçu un dernier rappel de paiement d'une facture qui me menaçait d'un huissier, j'étais acculé à trouver 2 000 €. Comme je confiais ce souci à une personne de passage, elle me dit : « Prends une statue de saint Joseph et mets-la dans le coin ; retourne-le et confie-lui cette difficulté. »

Cela me déplut de mettre Joseph dans un coin. La démarche me paraissait magique et bête. Je pouvais aussi bien aller frapper à la porte d'un monastère et mendier, mais il ne me restait guère de temps. Du reste, je n'avais pas de statue. Finalement, je me résolus à confier tout cela à saint Joseph.

20. PAUL VI, Allocution du 19 mars 1969, dans *Insegnamenti*, VII (1969), p. 1268.
21. JEAN-PAUL II, exhortation apostolique *Redemptoris custos*, 15 août 1989.

« Je l'ai façonné avec un grand sourire, comme un saint heureux. »

Alors, je pris de la terre d'argile et je commençai à modeler saint Joseph et à le prier dans la foi, croyant depuis longtemps à la communion des saints, communion réelle et profonde. Tandis que j'étais occupé à modeler son cou, 500 € m'arrivèrent... J'ai vite continué la statue. Le lundi, arrivé à la tête, je recevais le solde ! Cette petite statue se trouve encore dans la première chapelle de Tibériade. Jai façonné saint Joseph avec un grand sourire, comme un saint heureux. Souvent, dans la foi, je glisse en dessous de ses pieds des intentions et des appels qui lui sont adressés.

Un premier petit frère

Je suppliais Jésus de m'envoyer un frère stable qui pouvait aimer cette aventure, et je confiai le futur noviciat à saint Joseph et à sainte Thérèse de Lisieux.

Je priais saint Joseph avec confiance et, quelque temps après, alors que nous étions toujours en train de construire la grande chapelle, un jeune se présenta. Il était compagnon bâtisseur et avait toujours rêvé de construire la charpente d'une église. Il avait été envoyé ici par une religieuse de Salzinnes, près de Namur. Il était très touché par toute l'espérance qui habitait ce lieu et, en plus, était en recherche de vocation. Je vécus cette attente en le confiant à saint Joseph et puis il me demanda de devenir frère à Tibériade.

Petit clin d'œil du Seigneur et de saint Joseph : son nom était Joseph, et il était menuisier charpentier ! Mais le plus beau c'est qu'il est encore là aujourd'hui. C'est le premier frère qui était tout simplement à sa place et content de l'être, décidé, avec la grâce de

Frère Joseph, menuisier-charpentier de formation, assemble le colombage du nouveau noviciat.

Dieu, à vivre et à mourir à Tibériade. C'est un vrai petit bulldozer qui, par sa joie et par son contact, a ouvert le chemin de la fondation. Il fut le premier à s'engager à travers des vœux pour toujours.

La prière au Maître de la moisson

Un jour, alors que frère Joseph et moi étions en pèlerinage vers Lourdes pour nous remettre sous la protection de Marie, nous fûmes hébergés dans une communauté des Béatitudes. Le soir, lors d'un magnifique office, ils demandèrent avec force et foi des vocations pour leur maison. J'en étais étonné, car je les voyais déjà si nombreux ! Comment osaient-ils demander des vocations alors que leurs maisons en regorgeaient ? Leur audace réveilla la nôtre. Frère Joseph et moi prîmes la décision de prier chaque soir pour recevoir des vocations si utiles au bien de l'Église. Nous commençâmes cette prière à Lourdes et, quelque temps après, j'écrivis une prière au

Maître de la moisson que nous récitons depuis tous les soirs à complies, et beaucoup de gens la récitent en communion avec nous :

> Seigneur, c'est en toute confiance
> que nous te demandons de bénir
> le grand champ de l'Église à moissonner
> et le petit champ de notre fraternité.
>
> Envoie-nous les frères et les sœurs
> dont nous avons besoin pour mettre
> en œuvre cette maison, ta communauté.
>
> Si telle est ta volonté, fais de cette petite fraternité
> une famille universelle de frères et sœurs joyeux,
> dociles à l'Esprit Saint, assidus à la prière,
> instruits dans la foi,
> heureux de vivre ensemble pour toujours
> et d'être unis pour répondre aux appels
> de notre temps et de notre Église, annoncer Jésus,
> le témoigner dans l'unité et la prière,
> et par l'humble travail de nos mains.

Ma maman, qui récite quotidiennement cette prière, me dit un jour de rajouter à la phrase « heureux de vivre ensemble » le mot « toujours ». Elle avait souffert avec moi de voir au début tant de frères ne rester que quelques mois ou deux ans tout au plus. Les mamans sont géniales quand elles sont détachées saintement de leur fils. Elles savent ce qu'il faut demander ou préciser !

Je veux rester avec toi

Un jour, un prêtre de la région vint avec un groupe de catéchisme et je leur parlai de l'aventure que c'est de vivre avec Jésus et de la force de la prière. Je leur parlai aussi de la vie de saint François : lui qui était fils d'un riche drapier avait suivi Jésus en donnant tout aux pauvres pour être vraiment disciple du Christ. Après ce partage dans le jardin potager, un des enfants me dit :

« Frère, je voudrais rester avec vous. J'aime beaucoup saint François. »

J'étais étonné de sa demande, car il avait douze ans. Alors je lui répondis : « Mais ta maman ne sera pas contente. Tu es un peu jeune. Quand tu auras vingt ans, si tu veux toujours suivre Jésus, tu viendras. »

Lorsque Benoît eut terminé sa rhéto, il revint me saluer et faire une interview pour un travail de religion. Une de ses questions était : « Pourquoi pensez-vous qu'il y ait si peu de jeunes qui suivent Jésus radicalement ? »

Je lui répondis : « Toi qui es jeune, qu'est-ce que tu en penses ? »

Il arrêta la cassette d'enregistrement et me dit :

« C'est que je pense toujours suivre Jésus. L'appel me poursuit et me revient.

– Eh bien, fais encore quelques années d'étude… »

Il termina ses études d'instituteur à vingt ans puis il nous rejoignit. Avec frère Joseph et lui nous étions le noyau de départ. Oui, trois, c'est l'image de la Trinité où la charité et l'humilité peuvent circuler par la grâce du pardon. C'est magnifique de voir les fruits et tout ce qui peut rayonner quand on reçoit la confiance, quand il ne faut pas épater l'autre pour être reconnu, quand l'accueil se fait simple parce qu'on se reçoit du Seigneur et quand nos propres limites sont remises à la miséricorde de Dieu et de nos frères.

Frère Benoît à la cuisine.

Un frère me disait en revenant de son ermitage : « Je découvre ma vocation, mon appel ici : c'est d'être le serviteur du bonheur de mes frères. » C'est magnifique comme projet de sainteté ! C'est le projet de Dieu sur nous et c'est le chemin des Béatitudes dont le Christ est le premier des serviteurs.

10

Tibériade et la famille

De l'ermitage où j'écris ce passage, je vois le ciel couvert de nuages blancs que le soleil traverse de grands rayons de lumière qui descendent sur le Bois du Charnet. J'entends des cris d'enfants qui jouent dans la prairie et la cloche qui sonne : c'est l'appel pour le goûter. C'est important pour les enfants de jouer dehors, qu'il gèle ou qu'il pleuve. Ça les rend vigoureux et leur donne de se dépenser. Ça les ouvre et fortifie leur volonté. Oui, dans nos pays il y a beaucoup d'enfants « nouilles », fatigués parce que trop passifs, trop aisés ou sur-sécurisés.

La famille, une source

À Tibériade, pendant plusieurs années, nous sommes restés ainsi, à trois frères, et nous avons commencé à aller visiter des familles. Que de tressaillements de joie lors de ces « visitations » !

Ces rencontres avec les familles, nous les avons reçues comme un appel à former, dans l'Église, des petites maisons de lumière, des petites Églises d'amour qui éclairent la grande Église, et à faire prendre conscience aux familles qu'elles sont des petites Églises domestiques aimées de Dieu. Le couple est si expressif que saint Paul parle de l'épouse et de l'époux pour exprimer le lien unique qui unit le Christ à son Église... Il est grand ce mystère d'amour ! Le couple le vit.

Les foyers travaillés par l'Évangile, par la prière toute simple et par le don d'eux-mêmes trouvent dans leur maison une source. Et notre mission est de faire découvrir cette source divine qui habite leur alliance. Des petites sources pleines d'amour viendront alors rafraî-

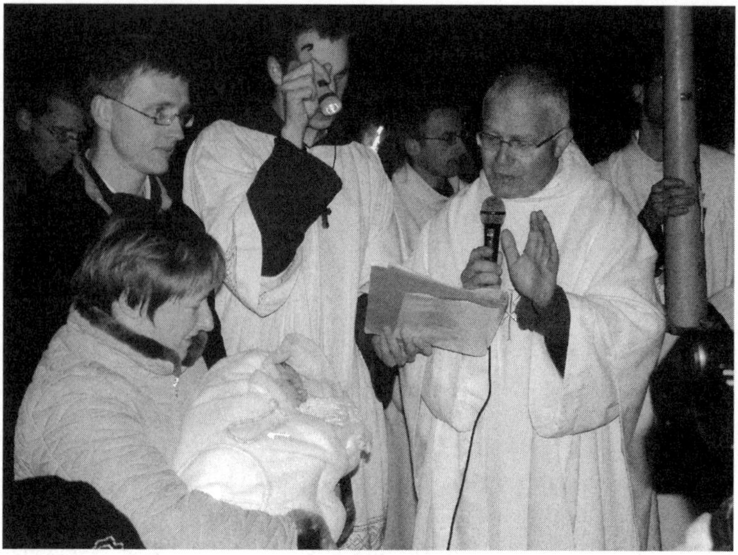

Frère Marc baptise le petit Éloi pendant la vigile pascale.

chir la grande Église, les paroisses et les secteurs. Ces familles sont les premiers noviciats, les premiers séminaires, les premières écoles de vie. Elles sont les berceaux pour les futurs foyers de lumière. Elles sont semences et moissonneront le champ de l'Église. Elles engendrent aujourd'hui les futurs apôtres du troisième millénaire.

Action de grâce

De mon ermitage, je vois la vallée baignée par la lumière du soir si belle. Les cris de joie des enfants courant dans la prairie avec les frères et sœurs se sont tus. Il est 17 h, la cloche sonne. C'est l'heure de l'Eucharistie.

Oui, Seigneur, tu es là au creux de cette vallée. Je la regarde avec un amour étonné. La lumière du soir se fait toute dorée en cette heure, c'est le ciel qui a la couleur des champs de blé d'été. Oui, le ciel et la terre se ressemblent et se rapprochent. Viens, Seigneur Jésus !

La chapelle est pleine à craquer d'enfants de la moisson et de semeurs d'Évangile. Les frères m'ont dit qu'ils étaient nombreux aujourd'hui. Je les devine avec une montagne de bottines dans le

Première messe de frère Marc après son ordination en 1989.

Messe dans la chapelle de la Transfiguration à l'occasion de la fête des consacrés le 2 février.

Quelques visages de frères.

Rencontre avec Jean-Paul II quelques mois avant sa mort.

Répétition de chant dans le jardin.

La chapelle de la Sainte-Trinité et de la Sainte-Famille dans la beauté de la création.

Un frère donne un enseignement à des jeunes dans la chapelle.

Temps de prière dans un ermitage.

La beauté de la vie quotidienne et du service.

Le jardin en automne.

La fenaison.

La joie de la récolte.

L'offrande du pain.

Pour la mobilité de la mission, deux ermitages ambulants ont été aménagés en petit monastère. Ici, quatre frères en mission en Flandre.

Petite chapelle du monastère mobile.

Frère Bart sort de son nid, sa mini-cellule, pour la prière et le petit café du matin !

L'étable Saint-Éloi : une ferme pour se nourrir et s'émerveiller.

Frère Vidas et Casse-Noisette en mission à Bruxelles.

Frère Jean-François et un agneau en mission…
« Tu as ouvert un passage, toi, l'Agneau de Pâques. »

fond de la chapelle. La louange des tout-petits monte vers toi, Jésus. Les frères et sœurs regardent vers l'autel, frère Benoît célèbre. Moi-même je vais célébrer l'Eucharistie dans mon petit ermitage et, ce soir, je quitterai ce lieu pour aller visiter une famille nombreuse, celle qui m'avait accueilli alors que je partais pour un temps d'exil. Quelle grâce que le temps présent ! C'est le seul instant qui soit réel. Aujourd'hui, maintenant, merci, Seigneur, pour ce don de la vie, pour cette grâce d'exister.

Vivre Nazareth

Multiplier et encourager les familles prophétiques dans leur lieu de vie est essentiel. Quelle joie toute simple et mutuelle quand un frère ou une sœur, au nom de l'Église, les visite. Vivre Nazareth n'est pas si simple. C'est un lieu de combat dans l'ordinaire et d'effacement dans l'amour. C'est un chemin de sainteté.

L'amour donne au moindre geste beauté et sainteté. Nazareth, pour le Christ, lui a donné lumière et force pour sa mission. La vie me montre toute l'espérance que portent en elles ces familles qui pren-

Temps de prière dans une famille.

dront de plus en plus conscience qu'elles sont, de par leur baptême et de par l'Église, des familles missionnaires, où qu'elles soient.

Je le dis souvent à des mères de famille fatiguées de l'investissement, du temps donnés aujourd'hui à leur enfant : il sera multiplié demain par la qualité de présence et d'équilibre de leurs enfants dans le monde qu'ils tiendront en main. Pour ceux qui le peuvent, vivre Nazareth est un bon placement à long terme.

Une visitation

Dans la vision intérieure de notre vocation, la visite aux familles a été dès le début un appel très profond. Vivre des petites visitations pour encourager les familles à être des petites Églises domestiques, des écoles de vie, des maisons de communion, des maisons de prière…

Voici le récit d'une visite qui nous a marqués et encouragés au début de notre aventure :

Je pars avec frère Joseph vers Beauraing où habite la famille d'Alain et d'Anne-Marie avec leurs trois enfants. Nous prenons avec nous l'icône de Marie Porte du Ciel dont l'original est au mont Athos et une autre copie au Canada. Arrivés chez eux, nous proposons de prier avant de souper.

Marie Porte du Ciel.

Soudain Alain, le père de famille, me demande si nous nous sommes parfumés car, durant la prière, de bonnes odeurs d'églantier se mettent à traverser la pièce. Je lui réponds que non mais je suis moi-même étonné, car je sens ces bouffées de parfum qui continuent à se manifester. « C'est peut-être ta femme », dis-je. Alors, en regardant l'icône, nous découvrons que c'est de là qu'émane ce parfum fruité. Une rosée très fine s'y est posée et une vague rapide de parfum circule dans la pièce, comme un vent qui passe sur un grand rosier. C'est net ! Alain, professeur de mathématiques qui n'est pas du style à rechercher le merveilleux, n'en revient pas. En prenant l'icône, on sent ce même parfum s'en dégager.

Oui, pourquoi la présence de l'Esprit Saint ne se ferait-elle pas encore sentir aujourd'hui à certaines occasions ? Nous vénérons toujours cette icône à Tibériade car plus d'une fois elle a manifesté la présence d'un parfum, comme un signe de consolation que peuvent accueillir ceux qui le veulent.

Pour moi cette émanation de parfum fut comme un encouragement du Christ et de Marie à continuer ces petites visitations dans les familles. Quand Jésus passe avec ses apôtres dans une famille, spécialement à Cana, il y a toujours un signe. L'eau est changée en vin et la foi en est augmentée. L'ordinaire se revêt d'une beauté soudaine.

C'est incroyable de voir combien aujourd'hui l'eau peut encore être changée en vin d'allégresse simplement en priant, en encourageant, en donnant des raisons d'espérer. Découvrir qu'aucune faute ne peut atteindre le projet éternel de Dieu sur nous. Si nous nous revêtons du manteau de l'humilité, Dieu nous revêt du manteau de la miséricorde. Oui, plus fort encore est le parfum de la charité !

Petit instantané du camp de familles à Tibériade : « Laissez les enfants venir à moi, le Royaume des cieux est à ceux qui leur ressemblent » (Mc 10, 14).

C'est bien de continuer à visiter des familles. Nous ne les prévenons pas toujours de notre arrivée mais même s'il y a un étonnement au début, une surprise, l'accueil se fait simple et nous venons à l'essentiel après quelques minutes. Nous tenons à faire ces visites surprises car il faut nous habituer à la surprise du retour de Jésus : quand il reviendra, il ne nous téléphonera pas et arrivera à l'improviste...

Bien souvent ces visites sont sources de grâces, comme la visite de Marie à Élisabeth. Il y a un tressaillement de joie chez les enfants avec qui nous jouons, mangeons et prions. Il y a tout simplement la présence de l'Esprit Saint. Ces visites ouvrent des chemins, et nous sommes alors de petits Jean-Baptiste qui faisons passer le Christ. Elles déclenchent la venue de l'Esprit Saint. Dans ces visites toutes simples remplies de charité, d'humilité et de prière, il y a comme un don, une grâce de Dieu, une joie trinitaire qui se déploie dans la famille. Oui, c'est le parfum de la charité, c'est le Christ lui-même qui visite. Ce n'est plus seulement Jean-Baptiste qui tressaille mais la Trinité qui s'y met. C'est l'Évangile qui sort du livre.

11
Ta maison, Seigneur, une bénédiction

Après quelques mois de gros travaux, nous voyons arriver la fin de la construction de la chapelle. Six jours avant le 4 octobre, fête de saint François et jour de la venue de notre évêque pour la bénédiction de la chapelle, nous nous réjouissons de voir couver une poule, chose étonnante en cette fin de saison car une poule ne couve généralement qu'au printemps ou en été. Cette poule qui couve en octobre est pour moi l'image de la communauté qui peut naître malgré toutes les intempéries.

Enfin le jour de la Saint-François arrive. En faisant un tour dans le jardin, je vois la poule chanter, toute libre : elle n'est plus sur ses œufs ! Je regarde dans le nid : plus d'œufs ! Non, pas possible ! En cette fête de saint François, l'ami des poules, des loups et des agneaux, pas possible ! François, dans trois heures l'évêque arrive et ta sœur poule n'est plus à son travail, faute d'œufs...

Mais où sont ces œufs ? Sainte Claire, je sais que tu travailles dans les œufs, du moins on te fait travailler à coup d'œufs [22], te voulant maîtresse du soleil pour que la terre soit pleine de lumière les jours de mariage ou de fête. Oui, aujourd'hui, c'est comme une noce avec l'Église et le soleil est déjà superbe, même très chaud. Les arbres sont très beaux, la lumière traverse les feuilles jaunies du charme. La lumière traverse le pourpre du cerisier et un vent doux traverse les branches mais... où sont les œufs ?

22. Allusion à l'usage d'offrir des œufs aux Clarisses pour confier à la prière de sainte Claire la célébration d'un mariage.

Des œufs à la coque

Réfléchissons un peu… J'ai vu sur la cuisinière des œufs en train de bouillir. Pas possible qu'ils aient été ramassés sous la poule !

Guillaume, un gars en souffrance, nourrit les poules et ramasse les œufs. « Je l'ai vu ce matin avec une belle récolte d'œufs dans le panier », me dit frère Joseph. Je vais trouver Guillaume et lui montre la poule sans les œufs. Il ne savait pas qu'elle couvait et comprend son erreur.

Les œufs sont-ils déjà cuits à la coque ou sont-ils dans le frigo ? Gros suspense ! Après recherche, nous reconnaissons les œufs placés dans le frigo, déjà plus lisses car polis durant six jours par le frottement du doux plumet de notre sœur poule.

Second suspense : les œufs ayant passé trois heures au frigo, les poussins vivent-ils encore à l'intérieur ? N'ont-ils pas attrapé une bronchite, ne sont-ils pas morts de froid ? Nous prenons le risque de les remettre dans le nid. Mais la poule chante et mange depuis plusieurs heures, prête à retrouver la vie normale comme si elle avait déjà oublié l'incident.

Je remets donc les œufs dans le nid et je dis à saint François : « En ce jour clé, en ce jour de fête, fais-nous le cadeau de faire couver à nouveau la poule sur ses œufs froids… » Et voilà que deux heures après, la poule se réinstalle comme si rien ne s'était passé. Merci, Seigneur ! L'évêque peut arriver, notre sœur poule a retrouvé son nid !

Le bois est tout baigné de lumière. Les portes de la chapelle grandes ouvertes laissent pénétrer la lumière qui brille autour de l'icône du Christ et de Marie.

Tandis que dans le réfectoire les prêtres s'habillent de l'aube blanche, l'évêque arrive avec son bâton pastoral. La chapelle se remplit à ras bords, on se tasse. La chorale chante déjà des canons de Taizé, des haut-parleurs permettent à ceux qui sont à l'extérieur d'entendre. Une vieille dame me dit à l'oreille : « On se croirait à Lourdes avec tout ce monde. » Les enfants sont là aussi : les petits Matthieu et Donatienne distribuent les carnets pour la célébration.

« Seigneur, maintenant tout est à toi, me dis-je. Tout ce qui était en mesure d'être fait a été fait. Maintenant c'est ta grâce qui va remplir cette chapelle et les cœurs. Nous te suivons, arrange-toi avec chacun : tous les hôtes, les enfants, les prêtres et notre évêque… »

Une partie de l'assistance au jubé de la nouvelle chapelle bénie par Mgr Mathen le 4 octobre 1986.

Procession d'entrée à l'occasion de la profession solennelle de deux frères.

Il est 15 h, la cloche sonne. Les enfants de chœur du village ouvrent le cortège de prêtres. C'est impressionnant de voir ces trente prêtres, deux à deux, suivre la croix fleurie. Derrière, l'évêque, avec sa mitre et son bâton de pasteur, traverse le chemin qui mène à la chapelle. Les géraniums, les dahlias, les soucis, les capucines n'ont jamais vu autant de monde !

Monseigneur bénit la foule, s'approche des enfants et leur fait une petite croix sur le front. Je vois une maman pleurer d'émotion. Je n'en reviens pas de tant d'amour, de joie, de beauté. Oui, tout ce peuple se réjouit car cette espérance, c'est aussi la sienne. Nous essayons de nous faire un passage au milieu de la chapelle. Seigneur, c'est ton œuvre, je n'ai plus qu'à suivre.

Visiblement l'évêque est à l'aise. La présence des enfants simplifie et unifie. Une jeune maman porte son petit enfant, Antoine, dans les bras. Avec lui, elle lit la lecture de l'Apocalypse. Voilà un enfant qui est déjà nourri de la Parole. La lecture de l'Évangile, c'est l'histoire de Zachée : « Il faut que je demeure dans ta maison. » L'évêque la commente de manière très belle, formulant le vœu que cette chapelle soit aussi notre maison, qu'il soit bon d'y prier et d'y être accueilli.

À l'offertoire, des enfants apportent des gerbes cueillies dans le grand champ de blé qui touche notre petit bois : moisson de souffrances et de joies. Cette eucharistie me fait penser à des noces où l'on voit Jésus en notre évêque et en son peuple, l'Église, son épouse. L'envie me brûle de jeter de toutes mes forces du blé dans l'église comme on lance du riz un jour de noces, et de le jeter dans la foi de voir pousser une nouvelle moisson pour toute l'Église. Mais par discrétion ou timidité je n'ose pas encore. Aussi, dans la prière, je jette ce cri d'espérance au cœur de Dieu.

Croire à la vie

Le 15 octobre, en la fête de sainte Thérèse d'Avila, sept poussins cassent leur coquille, sept poussins éclosent ! Joseph m'annonce avec joie cet événement : sept petits poussins passés quelques heures au frigo !

Cette couvée est pour nous riche de sens comme une parabole d'espérance.

D'abord le Seigneur donne la vie à tout moment, en toute saison. Il peut faire de l'hiver un merveilleux été. Avec une foi aussi petite qu'une graine de moutarde, la vie peut surgir avec plus de force et de lumière alors que tout semble mort et perdu. Oui, le Christ, durant trois jours, nous semble vivre une absence, un échec. Alors il nous faut demeurer dans la lumineuse persévérance pour que perce la radieuse lumière du Ressuscité.

Dans la foi nous avons remis les œufs sous la poule, croyant encore à une vie possible. Nous aurions pu dire que tout était foutu, « qu'ils restent au frigo ! ». Mais non, il nous est demandé d'aller jusqu'au bout du possible, de faire ce qui est de notre ressort et de poser des actes d'audace, petits ou grands. Le reste, nous le confions au Seigneur. Même si tout semble ténu et presque perdu, c'est le moment de ne pas lâcher prise. Alors la foi accomplit le miracle.

Bien souvent nos existences passent au frigo. Elles vivent des moments incompréhensibles, comme si nous étions gelés de craintes, de peurs qui nous paralysent. Mais la main du Christ nous redonne vie et nous réchauffe, elle nous redonne vie par le feu de l'Esprit. Il nous faut être attentifs à toutes les petites résurrections possibles, il nous faut essayer de redonner vie comme à ces œufs cachés au frigo, malgré ce qui semblait perdu, car Jésus « est venu chercher et sauver ce qui était perdu » (Lc 19, 10).

Des poussins costauds

L'histoire de cette poule est très banale. C'est un regard sur la création qui nous parle. Avez-vous déjà observé une poule avec ses poussins ? On ne se lasse pas de l'admirer tant elle est une image de l'attention, de l'amour, de la diligence pour ses petits, comme l'Église notre mère.

Cette éclosion de sept petits poussins est un peu l'image de notre fraternité : par la prière fidèle des amis, par l'humilité du temps, des frères et sœurs nous ont été donnés.

Pour ces poussins l'hiver est proche. Il gèle déjà les nuits. Ce passage au frigo leur a donné d'être bien costauds et résistants. Ainsi, les mises à l'épreuve nous fortifient si elles sont vécues dans la patience du temps. Elles nous contrarient et nous donnent de passer plus allègrement les saisons les plus froides. Si nous le

voulons, nos épreuves, nos coquilles fermées peuvent se briser sur le roc du Christ. Il nous ouvre à la lumière du jour. Le Ressuscité nous traverse alors de ses rayons de guérison et nous donne la lumière radieuse du matin de Pâques.

Cette icône, typique de Tibériade, nous a été offerte par un père de famille le jour de la bénédiction de la chapelle. Il l'a peinte lui-même et ignorait que la chapelle serait dédiée à la Sainte Trinité et à la Sainte Famille.

Elle ne représente pas la fuite en Égypte, mais plutôt le retour à Nazareth après l'exil. C'est le retour à l'intériorité. L'icône évoque l'Église mobile, toujours en pèlerinage, amenée à avancer humblement (l'âne) mais de manière déterminée vers la maison du Père. Cette Église veut aussi passer sur la terre en faisant le bien, comme son maître le Christ.

12

Une nouvelle moisson

Jeter la semence…

L'aventure avançait doucement. Nous étions toujours trois frères. Les vœux solennels de frère Joseph furent célébrés en la fête de saint Hubert. Quelle grâce de voir enfin un premier frère rester jusqu'au bout, prêt à vivre et mourir pour le Seigneur et pour l'Église à Tibériade. Ce fut un grand jour où Mgr André-Mutien Léonard, nouvel évêque de Namur, accueillit au nom de l'Église ce frère cadeau de Dieu. La chapelle était encore pleine. Frère Joseph rayonnait, avec

Mgr Léonard, évêque de Namur, préside généralement les cérémonies pour les vœux solennels des frères et sœurs. Ici en août 2006 pour les vœux des frères Jean-Pierre et Pascal.

son grand sourire habituel. À cette occasion, à la fin de l'eucharistie, en remerciant l'évêque, j'ai enfin pu puiser du blé dans un grand sac et le lancer à grandes volées. L'évêque en riait et avec frère Joseph, ils se sont mis à ensemencer aussi tous les invités.

D'année en année, Mgr Léonard continua à nous encourager dans l'aventure de notre communauté naissante.

Frère Joseph sème du blé le jour de ses vœux : « C'est en toute confiance que nous te demandons de bénir le grand champ de l'Église à moissonner et le petit champ de notre fraternité… »

… et moissonner

Sans cesse j'avais prié le Seigneur d'envoyer des ouvriers à sa moisson. Lancer des grains de blé était aussi un appel à susciter des ouvriers à la moisson, à appeler tout le peuple de Dieu à se mettre au travail des semailles et de la moisson. Oui, il faut beaucoup semer, jeter la semence de la Parole. Nous récoltons aujourd'hui la semence des martyrs, des saints et de tous les évangélisateurs.

Lors d'un camp de jeunes que nous organisions, je voulus sauver quelques gerbes de la moissonneuse-batteuse qui risquait de passer le lendemain matin. Tout le blé était mûr et le temps très sec. J'eus beaucoup de joie d'aller, au milieu de la nuit, faire ces gerbes avec Gilles, un jeune dont le cœur était tout brûlant d'être disciple de Jésus, apôtre. La nuit était éclairée par la lune et beaucoup d'étoiles brillaient. Nous avons monté le chemin pour aller vers le village de Froidlieu, nous avons pris à gauche un petit chemin qui nous fit découvrir la belle plaine de blé longée de bois de chênes et de hêtres. En voyant cette plaine, je pressentais la grande moisson de l'Église. Ce jeune Gilles en était comme un épi, un signe visible d'un ouvrier qui travaillera au grand champ de l'Église.

La nuit était bleue et douce. Les pierres de rocaille jetées par les cultivateurs rejetaient la chaleur du jour. Ce coin me faisait penser à la Provence : on entendait des criquets, des vers luisants brillaient et voltigeaient comme des petites lumières. L'herbe à peine humide se couchait sous nos pieds… Je regardais le paysage ; j'avais devant les yeux comme une icône de la beauté et de la bonté de Dieu qui se manifestent dans sa création et dans le travail des hommes. Accompagnés d'une joie sereine, tout humaine et divine, nous avancions dans le calme de la nuit. Avec un grand couteau à couper le pain, à genoux, nous nous sommes mis à couper le blé à la base et, quand nous avions une grosse botte, nous la liions. Une joie secrète et un chant m'habitaient :

> Qui sème dans les larmes moissonne dans la joie :
> il s'en va, il s'en va en pleurant, il jette la semence ;
> il s'en vient, il s'en vient dans la joie, il rapporte les gerbes [23].

Mais une autre joie m'habitait également, comme une certitude intérieure : cette moisson de gerbes était les prémices d'une moisson concrète, certitude que beaucoup d'ouvriers viendraient rejoindre l'Église et que quelques-uns rejoindraient notre petite fraternité.

Nous avons coupé le plus de blé possible pour en faire un maximum de gerbes bien ficelées et les sauver de la moissonneuse-batteuse. Ensuite nous sommes redescendus à pied. Chacun portait deux gerbes bien touffues. Cette campagne, ces douces collines de Famenne en Wallonie semblaient rendre grâce. Dans le lointain, j'entendis à peine l'autoroute – qui me lie à toute l'humanité active –, et l'intégrai dans ma prière.

Tout en continuant notre chemin, Gilles me parla de son appel, dès l'âge de six ans, et combien Tibériade avait un écho en lui. Il

23. Ps 125 (126), 5-6.

étudiait dans une école pour des jeunes en recherche de vocation. Trois ans plus tard il nous rejoignit avec deux autres frères, Bart et David.

En arrivant à la lisière du bois de la fraternité, on devinait la veilleuse du Saint-Sacrement, les bougies éclairant l'icône de la Vierge Marie, la petite statue de terre de saint Joseph et le portrait de saint François. Nous sommes entrés dans la petite chapelle de la Transfiguration et nous avons déposé nos gerbes au pied de l'autel : « Loué sois-tu, Seigneur, pour notre sœur la nuit, le ciel étoilé, pour la moisson et ses ouvriers. » Et doucement nous avons récité le Notre Père.

Six frères du noviciat sur la route.

J'aime cette petite chapelle aux pierres très irrégulières où on sent le rocher sous les genoux. Les murs sont blanchis à la chaux. C'est là que tout a commencé, c'est là que j'ai pensé habiter avec mon épouse et c'est là qu'aujourd'hui je prie avec l'Église mon épouse, elle que je trouve si belle, si simple, parce que je l'aime, qu'elle est du Christ et apporte l'Évangile.

Une cascade de frères s'appela, comme André appela Pierre. Ainsi, frère Joseph, simplement par son engagement, appela frère Emmanuel, rejoint par frère François. Un autre Bart de Flandre vint se joindre à nous. Il reçut son appel une nuit de Pâques. Il sentit l'appel à être un apôtre pour mener les jeunes à Jésus.

Puis Cyrille, Luc, Michel, Jean-Pierre, Pascal, Frédéric... arrivèrent. Chacun a un don, une histoire, un talent qui constituent ainsi la fraternité.

Une petite sœur

Diane vint un jour me confier qu'elle ressentait un appel à suivre Jésus et qu'elle désirait vivre ici à la manière des frères. Plutôt prudent, je lui dis : « Si tout se passe simplement et paisiblement, tu resteras. Sinon je connais de bons monastères féminins qui pourront t'accueillir. » Je lui proposai donc de venir vivre quelque temps ici et l'installai dans un espace de la chapelle, comme dans un petit studio monastique. Elle pouvait ainsi habiter la maison du Seigneur.

Elle resta là plusieurs années, fit ses vœux six ans plus tard et reçut le nouveau nom d'Agnès, qui signifie « agneau », le nom de son Époux.

Trois ans après l'arrivée de sœur Agnès, sœur Catherine, rayonnante de vie, est venue la rejoindre. Au début, des gens simples me

Les cinq premières sœurs de la fraternité (sœur Agnès porte un chevreau dans les bras).

Sœur Bénédicte pendant un camp des familles.

disaient : « Voilà, frère Marc, tu n'auras plus de souci de cuisine ou de linge à repasser… Les sœurs sont là ! » Ce n'est bien sûr pas leur mission, même si elles nous aident aussi à la couture ou à la cuisine. Mais elles sont plutôt comme des vierges vigilantes dans l'attente de leur époux, le Christ. Elles sont comme un appel à la prière et l'intériorité. Et leur présence auprès des familles est complémentaire de la nôtre.

La venue des sœurs dans l'aventure de Tibériade est une grâce pour la fraternité et sa mission. Elles manifestent toute leur attention à l'accueil, à des petits riens, par une présence délicate et plus humaine. Grâce à elles la liturgie est aussi devenue plus belle et plus priante avec la kora, une harpe africaine dont elles jouent avec finesse. Et des frères, depuis, s'y sont mis également.

Les sœurs habitent maintenant une petite maison que nous avons appelée « Maison de Marie » car elle ressemble à la maison de la Vierge Marie près d'Éphèse, en Turquie. C'est peut-être le plus petit monastère d'Europe ! Leur lieu de vie est comme une chapelle. Dans le fond de la maison une abside couvre quelques icônes. C'est là que, chaque matin, elles viennent pour faire oraison ou prier un office.

L'avenir nous montrera comment gérer cette réalité mixte à Tibériade, et l'expérience et la sagesse de l'Église nous y aideront.

13

Des apôtres universels

Le groupe Saint-Damien

Du tombeau de saint Pierre à Rome, j'écrivis un jour à douze jeunes que je connaissais pour les appeler à se lancer dans cette aventure à la suite du Christ selon la manière que l'Esprit Saint leur montrerait, soit dans la vie religieuse, soit dans le mariage. Quelques-uns répondirent à l'invitation et commencèrent à se réunir de temps en temps à Tibériade pour prier, recevoir des enseignements et faire des temps de mission. Ce fut le début du « groupe Saint-Damien ».

L'église Saint-Damien à Assise est le lieu où saint François avait entendu par trois fois la voix du Christ lui dire : « François, va et reconstruis mon Église qui, tu le vois, tombe en ruine. »

Le groupe Saint-Damien en pèlerinage.

Un jeune de ce groupe, Jean-Marie, suggéra un jour à la fraternité de partir dans les quatre coins du monde, à la manière de saint François qui avait envoyé ainsi ses frères pour répandre la Bonne Nouvelle. Nous étions huit frères à l'époque et cela nous parut un peu fou. Mais après prières et réflexions, nous nous sommes dit : « Mais oui, pourquoi ne pas nous ouvrir à l'universel, partir au grand large ? » Nous avons ainsi formé quatre groupes : un pour aller au Burkina Faso, un autre pour faire un pèlerinage œcuménique entre Assise et Sarov en Russie, un troisième pour partir en Chine et un dernier pour rester sur le lieu de Tibériade en Belgique.

Là où il allait, chaque groupe annonçait Jésus et essayait de former des petits groupes de prière. Ainsi sont nés les groupes de prière Saint-Damien sur plusieurs continents. Ils sont tenus par des jeunes et nous les accompagnons en leur fournissant une structure de prière, des enseignements et en leur rendant visite régulièrement. Ces groupes de prière sont des espaces pour donner à l'Église des belles vocations, des petits apôtres ardents à la prière et à la mission et des saintes familles.

Une première fondation : la Lituanie

Alors que le mur de Berlin n'était pas encore tombé, nous nous rendions plusieurs fois par an en Lituanie avec frère Joseph et frère Benoît suite à des appels de jeunes Lituaniens. Là-bas nous avons pu voir tous les massacres du communisme et rencontrer des évêques confesseurs de la foi. Quand nous traversions l'Allemagne, nous apercevions aussi des tours de contrôle entourées de fils barbelés. Passer les frontières était impressionnant : tant de papiers et de cachets, tant de corruption visible. Tout était suspect.

À notre arrivée sur le sol lituanien, l'accueil était débordant. Dans les écoles où nous étions accueillis pour témoigner, les cours pouvaient être arrêtés tant c'était nouveau pour eux de voir des moines venir de l'étranger. Il y avait une réelle soif spirituelle.

Un jour, Algirdas, un prêtre lituanien, nous accueillit dans son presbytère et nous proposa vite un lieu de fondation, avec une belle église en bois et un ancien presbytère. Dans cette église dédiée à saint Casimir trois choses nous frappèrent d'emblée : la beauté de la chapelle en bois, une peinture de saint François d'Assise recevant les

Nos quatre frères de Lituanie devant leur maison et le bâtiment d'accueil. De droite à gauche : frère Michel, frère François, frère Gilles et frère Bart.

Temps d'adoration dans la petite chapelle.

stigmates et une grande image de sainte Thérèse de Lisieux. Là étaient réunis nos deux saints préférés !

Ce signe n'était pas suffisant pour aller y fonder une communauté, mais chaque année frère Joseph et d'autres jeunes continuèrent à venir dans ce village pour animer des camps et des retraites. Un jour, l'évêque nous demanda de rester toute l'année sur place et non plus seulement l'été. Il faut dire que l'hiver y est très long et très froid. Une petite équipe de frères partit donc pour commencer cette première petite fondation : frère François comme responsable, frère Joseph, frère Michel, frère Bart et frère Gilles qui fut ordonné prêtre au service de la fondation.

Frère Gilles coupe du bois pour traverser l'hiver.

Pour nous installer dans ce petit village, un ancien kolkhoze – une ancienne ferme communiste – et un presbytère nous furent donnés. Nous les avons rénovés et transformés petit à petit en lieu de prière et d'accueil. Beaucoup de jeunes et de familles viennent s'y ressourcer à travers des temps de retraite organisés par nos frères, comme ici en Belgique.

Baltriskes est un très petit village perdu dans la vaste campagne. C'est comme un nouveau petit Nazareth qui s'élève dans ce village constitué d'une dizaine d'habitants, frères compris. Cette fondation fait revivre cette terre presque abandonnée.

Quelques visages typiques donnent à ce lieu beaucoup d'humanité : Antanas, l'ancien sacristain qui marche pieds nus en hiver dans la neige, et Ona, son épouse. Deux vaches, un gros cochon et dix poules font leur ferme.

Nos frères sont touchés par cette terre nouvelle qui les accueille. Vraiment, le Seigneur nous donne d'aller là où nous n'aurions pas pensé fonder, dans des terres si cachées et lointaines au climat parfois rude ! Mais depuis que nous sommes là-bas, nous avons aussi la joie de recevoir des vocations de jeunes frères et sœurs lituaniens ou lettons.

Du Grand Nord au Congo

Aux Journées mondiales de la jeunesse instaurées par Jean-Paul II, nous eûmes en 1995 aux Philippines l'occasion d'entrer en contact avec de jeunes Congolais. De ces contacts, un appel est né quelques années après pour aller fonder au Congo une nouvelle communauté. Fonder là-bas, c'était aller sur un autre continent, changer radicalement de contexte et de culture. Cette Église du Congo n'existe que depuis un siècle.

Je fis appel aux frères pour cette fondation. Elle avait besoin d'un frère aîné, prêtre et capable d'assumer la formation pour les futurs novices. Frère Benoît, déjà responsable de la formation des novices à Tibériade et prêtre depuis six ans, se proposa. Frère Joseph, parti fonder en Lituanie quelques années auparavant, m'avait parlé de sa disponibilité en cas de besoin pour une nouvelle mission. Frère Cyrille, tout jeune et plein de zèle, se joignit à eux, ainsi que deux ans plus tard frère Pascal qui ressentit un appel très fort à les rejoindre et à vivre un enfouissement à la manière de Charles de Foucauld.

Le jour du départ, je leur donnai à chacun une croix de mission, car une fondation en terre lointaine est de l'ordre d'une passion, d'une offrande totale de soi. Au début de l'aventure de Tibériade, j'avais vécu bien des épreuves et des gens m'avaient dit que c'était le signe d'une grande promesse. Pour la fondation du Congo je peux dire aujourd'hui la même chose : les épreuves que nos frères y ont vécues et qu'ils vivent encore sont le signe d'une grande promesse pour l'avenir. Que faire là-bas sinon aimer ce peuple et le servir tel qu'il est, approfondir la relation des gens avec Jésus en témoignant de son amour et leur permettre de découvrir sa présence dans l'intériorité en les exposant au Christ ?

En envoyant les frères au Congo, je leur demandai aussi d'avoir une attention toute spéciale à l'Afrique. Trois ans après leur arrivée, ils eurent encore la joie d'être appelés par un jeune évêque du Burkina Faso pour annoncer l'Évangile dans une région musul-

Vue sur la « Portioncule ».

De droite à gauche : frère Benoît, frère Pascal, frère Joseph et frère Cyrille.

mane. Cette mission d'annonce directe de l'Évangile est plus difficile au Congo pour diverses raisons, et cet appel au Burkina Faso a permis la dilatation du cœur des frères, car tout un zèle missionnaire les habite.

Une intention habite le cœur de nos frères, celle de recevoir des vocations africaines, des frères africains qui seront formés sur place pour vivre avec eux cette mission. Avec eux aussi prions le Maître de la moisson.

Je vous livre ici quelques échos de leur vie à « la Portioncule », le lieu de la fondation près de Kikwit, de manière à vous faire pénétrer dans leur vie tout humble et donnée :

Un triduum pascal à la Portioncule

Le carême touche à sa fin. Déjà ! Ce n'est pas possible ! Mais il n'est pas trop tard pour entrer dans la Pâque de Jésus. C'est un peu à la manière des ouvriers de la dernière heure que nous nous y engageons. Avec la pauvreté de nos faiblesses, de nos infidélités à nos résolutions, mais avec un cœur contrit. Et c'est ce qui compte pour Jésus : « C'est la miséricorde que je désire, et non les sacrifices » (Mt 9, 13).

Jeudi saint, 17 h. Frère Cyrille me demande une bassine. Pendant que j'exécute sa demande, il prend une cruche, de l'eau et un linge pour le lavement des pieds. Il prépare les offrandes : le pain et le vin qui deviendront le Corps et le Sang de Jésus. Ces choses si simples, si humbles pour exprimer une réalité inimaginablement profonde, grande, belle : le Créateur aux pieds de sa créature pour lui laver les pieds ! Le Seigneur nous livrant son Corps et son Sang pour qu'en Lui nous ne fassions qu'un. Il est bouleversant de célébrer ce mystère dans un pays et même un continent encore tellement déchiré par les volontés de puissance, de domination… La solution à tous nos problèmes familiaux, communautaires, politiques, économiques, sociaux ne serait-elle pas là, dans le lavement des pieds et l'Eucharistie ? « C'est un exemple que je vous ai donné, afin que vous fassiez vous aussi, comme j'ai fait pour vous […] si vous savez cela, heureux êtes-vous, pourvu que vous le mettiez en pratique » (Jn 13, 15-17). La victoire sur l'esprit de domination appartient à l'esprit de service. Ce jeudi a été l'occasion de prier afin que le cœur compliqué et malade des hommes se laisse toucher en ce sens.

20 h, Heure Sainte. Nous animons une heure d'adoration du Saint-Sacrement. Il y a du monde, beaucoup d'enfants, de jeunes et bon nombre de nos voisins. Après cela nous accompagnons Jésus au reposoir soigneusement préparé dans notre bibliothèque. Une poignée d'enfants et de jeunes restent là encore une bonne heure. Que font-ils ? Ils ne se regardent

pas les uns les autres, ils ne regardent pas le plafond ou bien les murs, comme c'est souvent le cas. Ils regardent Jésus présent, là, dans l'hostie. Quel réconfort d'assister à cette scène. Ce sont peut-être les premiers fruits d'une patiente éducation à l'adoration à travers les rassemblements hebdomadaires du samedi. Mais ce sont surtout les fruits de l'amour de Jésus qui, peu à peu, attire ces jeunes à lui. Au bout d'une heure certains commencent à dormir, d'autres sont un peu distraits. Nous leur disons : « Désormais vous pouvez dormir et vous reposer » (Mt 26, 45). Ils retournent alors paisiblement chez eux.

Vendredi saint, jour de jeûne. Le pain, l'eau, la chaleur, les maux de tête… tout y est, sauf la douleur, les chocs, les coups que Jésus a pris sur Lui. La foule crie, demande sa condamnation, réclame sa crucifixion. 7 h : Jésus devant le grand prêtre est condamné ; 8 h : devant Pilate : « Je suis roi » ; 9 h : devant Hérode : silence de Jésus ; 10 h : flagellation… Chaque moment libre est l'occasion d'aller auprès de Jésus au reposoir, pour l'accompagner comme Symon de Cyrène et les femmes au long de sa passion d'amour.

14 h 30 : chemin de croix. Quelques voisins nous accompagnent pour prier en faisant le tour de la concession. À notre tête, la croix de Saint-Damien. Jésus y paraît déjà glorifié. Sa victoire est déjà présente dans sa mort.

Frère Joseph, aidé par un menuisier du voisinage, monte la charpente de la nouvelle paillote d'accueil.

La vénération de la croix le Vendredi saint.

20 h : vénération de la Croix. Une grande croix en bois s'avance du fond de la chapelle vers l'autel, portée par frère Benoît. À trois reprises, à genoux, nous l'adorons. Déposée au pied de l'autel, elle est parfumée par sœur Béatrice et Franchine qui viennent y répandre l'huile d'aloès. Ce parfum se répand dans toute la chapelle. C'est le parfum de l'amour infini de Jésus manifesté à travers des souffrances désormais finies. Cette croix est aussi le signe de la douleur implantée au cœur de chacune de nos vies. Les deux, l'amour de Jésus et les souffrances de nos vies, ne demandent qu'à se rencontrer pour s'étreindre. C'est ce que signifiera le geste de vénération auquel nous allons inviter les personnes présentes. Chacun avance à son tour pour prier le front contre la croix, puis pour l'embrasser. Certains sont esclaves du mensonge, d'autres ont peut-être commis l'adultère, d'autres encore un viol ou un avortement (tout cela est malheureusement trop fréquent). Nous ne savons pas. Tous du moins souffrent d'une pauvreté extrême. On pressent, on devine le poids de cette souffrance que Dieu veut prendre sur lui pour nous soulager.

Samedi saint. Le jeûne est plus doux, l'attente se creuse. La douleur, les cris, la violence sont absorbés par la tendresse, le silence, les larmes et la foi de Marie. On commence à s'agiter comme une petite fourmilière dans les préparatifs de la grande et sainte vigile pascale : répétition de chants (cette année tous les textes, les chants, les homélies ont été dits en kikongo, facilitant ainsi la participation des gens), préparation de la source dans la vallée, ornement de la chapelle (qui sera toute parée de fleurs d'acacia sauvage qui exhalent un délicieux parfum. Un goût de printemps en plein... « été »). Préparation du feu évidemment ! Il faut que ça flambe ! Au cœur du feu, des lianes épineuses et sèches. Ça pique. Mais ce soir le « buisson d'épines » se transformera en « buisson ardent ». Et les épines d'amertume, de rancœur, de révolte qui se mêlent à nos douleurs seront consumées, parce que saisies dans le feu de la miséricorde.

20 h : tout est prêt. La veillée commence autour du feu. Il y a du monde. Toujours beaucoup d'enfants. Les gens sont tout heureux de recevoir chacun une bougie. Quelques « filous » viendront même en chercher une deuxième, voire une troisième. Cependant il y a beaucoup plus d'ordre que l'année dernière et un climat de prière est de la partie. Nous marchons en procession derrière la colonne de cire illuminée de la lumière du Christ, chacun y ayant allumé sa bougie. Procession lumineuse jusqu'à la chapelle. Arrivés à la chapelle, c'est la fête : chants de victoire, danses, alléluias... Une assemblée tout orientée vers la résurrection du Christ. Après avoir fait mémoire de notre libération à travers l'histoire sainte en écoutant la Parole, nous nous remettons en route vers la source, toujours derrière le cierge pascal et bougies allumées en main. C'est l'aventure. Il faut descendre un dénivelé très raide où nous avons creusé des marches qui ont tendance à

s'effondrer à notre passage. Arrivés en bas, nous regardons derrière nous. Dieu que c'est beau ! Un cortège de lumière qui s'enfonce dans les entrailles ténébreuses de la terre au rythme de la litanie des saints. Les ténèbres se dissipent, la lumière l'emporte. Nous traversons un véritable petit jardin d'Éden au pied d'arbres majestueux que la pleine lune nous permet d'admirer… à moins que ce soit le jardin de la résurrection… Nous arrivons au jaillissement de la source. Là nous renouvelons notre foi baptismale. Après avoir renoncé à Satan, au péché et à tout ce qui conduit au péché nous remontons, forts de la victoire du Christ, pour célébrer l'Eucharistie. Ce fut splendide !

Frère Pascal

Aménagement de la source

Les érosions et l'inertie des autorités rendant l'accès à la source de notre village pratiquement impossible, nous avons demandé et obtenu une aide pour la réhabiliter.

Chaque jour pendant deux mois, entre dix et quinze ouvriers sont venus pour travailler sur ce chantier. Michel, un ami tout donné à l'Afrique, s'est joint à nous. Son aide a été des plus précieuses. Les 300 sacs de ciment, 32 m^3 de moellons, 20 m^3 de grenaille (cassée à la main), et 40 m^3 de sable ont été acheminés en partie par les ouvriers, en partie par la population depuis la piste jusqu'à la source, petit à petit, chacun prenant selon ses

Frère Pascal devant l'ermitage Saint-Jean-Baptiste.

Une vue d'ensemble du site de la source et tout son nouvel aménagement : un « pèlerinage » à la source pour dégager aussi des sources de communion par le contact avec les habitants.

moyens : qui un moellon sur la tête, qui de la grenaille dans le pagne, etc. Au début, les bonnes volontés n'étaient pas très nombreuses. Mais au fur et à mesure que le chemin s'améliorait et que les gens nous voyaient travailler, l'aide s'est multipliée. Quelques fois, nous avons organisé une longue chaîne humaine avec adultes et enfants qui se passaient les pierres. Une autre fois, le travail évoluait au rythme des chants, des battements de mains et du tam-tam improvisé avec les bidons vides. Après un gros travail de déblaiement et de débroussaillage, trois nouvelles sources ont jailli et ainsi, la quantité d'eau potable disponible a doublé... Heureusement, car avec les améliorations du lieu, la population qui vient puiser a elle aussi doublé !

Derrière ce projet social, c'est aussi un tout nouveau type de contact qui s'établit avec les gens du quartier. Ainsi, c'était la première fois que la plupart d'entre eux voyaient des « Blancs » avec les pieds dans le béton, la pelle à la main et suant à grosses gouttes. Le respect de ce lieu et la propreté sont assurés grâce à un jeune papa qui veille sur place dès avant l'aurore et jusqu'à la tombée de la nuit. Les gens lui apportent un peu de nourriture, des braises ou autres produits en nature pour le récompenser de ce travail bien nécessaire, tant la notion de bien commun est peu perçue ! Merci, Seigneur, pour cette belle expérience de solidarité avec ce peuple et pour l'humble travail de nos mains devenu prière et action de grâce !

Frère Joseph

L'Asie

Lors d'une exhortation à l'occasion des JMJ de Manille, le pape Jean-Paul II, qui tenait sa canne en main, se mit à crier : « Ouvrez les portes de la Chine au Christ ! » Il fit mine de frapper avec sa canne aux portes de la Chine et répéta : « Ouvrez les portes de la Chine au Christ ! »

Durant ce rassemblement, frère Emmanuel fit la connaissance de Nick, un jeune Philippin, et une amitié naquit. Suite à cette rencontre, des groupes de prière virent le jour à Manille et un lieu d'accueil et de prière commença sur l'île de Talim avec Nick et quelques jeunes Philippins soutenus par la fraternité. Frère Emmanuel, accompagné souvent d'un autre frère, visite chaque année ce petit groupe de laïcs, les enseigne et les exhorte. Et depuis quelques années, des jeunes familles missionnaires envoyées par la fraternité viennent aussi apporter leur savoir être et leur savoir-faire au service de ce lieu de prière et de projets au service de la population : création et entretien d'un dispensaire, projets sanitaires, atelier de fabrication d'objets en bambou, catéchèses, bourses d'études, gestion d'une bibliothèque… Trois fois par jour, l'équipe des jeunes se réunit dans la chapelle pour prier. Ce lieu n'est pas seulement une ONG, le Christ en est le centre.

Depuis ces JMJ de Manille, frère Emmanuel s'en va aussi tous les deux ans en Chine pour de longues missions. Il y organise des camps pour des jeunes et des temps spirituels pour les prêtres chinois. La Chine n'étant pas très éloignée des Philippines, des Philippins participent avec lui à ces missions.

L'Asie, c'est un tiers de la population de la planète. Des martyrs ont ensemencé cette terre et la foi y fleurit malgré les obstacles.

Troisième partie

Des anges de passage

À Tibériade j'ai pu découvrir tant de réalités profondes par le Christ, sa Parole et l'Église, mais aussi par la vie elle-même, la présence des pauvres, des visites inattendues, des événements du quotidien, la création avec tout ce qui vit et respire, les animaux… La vie des saints m'a aidé, aussi j'aime vivre et travailler avec eux ; ils sont des chefs-d'œuvre de l'Esprit Saint ! Ils m'enseignent la théologie qui vient du cœur et de la prière. Je vous livre quelques fioretti recueillis d'année en année. Ils ont été comme des paraboles de vie, d'espérance et de persévérance. Ils ont traversé l'histoire de cette fondation.

14

Le roi Baudouin

Frère Marc, la reine Fabiola, frère Joseph et... le roi qui prend la photo.

Une visite inattendue

C'est dimanche. Les vêpres de 16 h et le petit goûter que nous offrons aux gens de passage prennent fin. Alors que je réponds au téléphone, on me crie :

« Marc, le roi est là.

– Quoi ? Le roi est là ! Est-ce une blague ?

– C'est vrai, me dit Georgette, je l'ai vu aller vers la chapelle il y a deux minutes. »

Je termine rapidement la conversation : « Excuse-moi de te couper court, on me dit que le roi est là... C'est peut-être vrai. Salut. »

Je fonce à la chapelle et pousse la porte de chêne. Le roi est là, assis sur un petit banc de prière. Mon cœur bat comme si Jésus était là. Je le vois de dos, assis à genoux près de l'autel en forme de barque. Je m'agenouille à côté de lui sur un petit banc de prière.

« Vous êtes frère Marc ?

– Oui... Oh, Roi, Majesté, que je suis content que vous soyez là. Quelle joie !

– Je suis venu prier, vous saluer et rencontrer votre fraternité.

– Je ne sais comment vous appeler. Permettez-moi de vous appeler frère roi... »

Nous nous mettons à prier pour toutes les familles de Belgique et toutes les familles de la terre. Il invoque l'Esprit Saint pour qu'il vienne au secours des familles blessées. Ensemble nous récitons très doucement trois Je vous salue Marie : un en français, un en flamand et un en allemand. C'est une manière de prier pour toute la famille belge et son unité. Nous sommes en face de l'icône de la Trinité. Il dit cette prière très courte : « Je te prie pour ton Royaume : garde-le uni et donne la sagesse à ceux qui servent ce pays. Je te bénis pour cette fraternité. Conduis-la selon ta volonté. Donne-lui des frères. » Il y a de longs temps de silence et nous terminons simplement par un Notre Père, les mains ouvertes.

Après ce temps de prière, nous nous levons. Le roi me demande comment cette chapelle a été construite.

« Elle a été bâtie en quatre ans. Ce fut une aventure. Je rêvais d'habiter la maison du Seigneur. C'est pourquoi, autour du chœur de la chapelle, il y a quelques petites cellules de prière, des chambres où l'on prie et se repose auprès du Seigneur. »

Le roi me demande s'il peut les voir. Avant de monter, il enlève ses grosses bottines de sport bien cirées car il y a une petite pancarte qui demande d'enlever ses souliers pour éviter le bruit. Je n'ai pas le temps de lui dire de ne pas les enlever et il monte en chaussettes. Nous nous dirigeons vers les cellules, celle de Saint-Pierre est la plus belle : « C'est la chambre de l'évêque, lui dis-je. Aucun évêque jusqu'à présent n'a dormi ici ; mais c'est là que je le mettrai si l'un ou l'autre vient en retraite. » C'est une chambre avec un volet qui s'ouvre directement sur le chœur de la chapelle, et on y voit l'autel et la présence eucharistique. Il y a dans cette chambre une Bible et un livret sur saint Séraphim de Sarov et son dialogue avec Motovilov, ainsi que quelques conseils sur la prière et la vie spirituelle. J'explique au roi que saint Séraphim est un peu le saint François de la Russie et qu'un jour, au milieu de la neige, lui et son compagnon furent tout transfigurés de lumière, signe de la résurrection du Christ. Saint François, quant à lui, avait reçu les marques des clous dans sa chair, signe de la passion du Christ.

« Connaissez-vous saint Séraphim ?

– Non, me dit-il.

– Vous savez, quand il rencontrait quelqu'un, il le saluait ainsi : "Oh, ma joie, Christ est ressuscité !" »

Je lui donne le livre. Il le refuse me disant que j'en ai besoin. J'insiste un peu : « Prenez-le ! C'est un petit cadeau et c'est un résumé de sa vie. Vraiment, si vous le prenez, lisez-le ! C'est une mine de lumière sur l'Esprit Saint. »

Il le prend et le glisse dans sa veste : « Je le lirai… »

Je suis sûr qu'il l'a lu car le mystère de la Transfiguration était bien présent dans la vie de notre roi. Ensuite nous redescendons et visitons le bâtiment des frères. Il me demande :

« Quel est le but de votre fraternité ?

– C'est de donner à l'Église une petite bande de moineaux souples et légers, pour faire connaître et aimer le Christ et son Église. Et pour cela, vivre dans la communion fraternelle à la manière de saint François d'Assise, et prendre racine dans la prière vraie et simple.

– Pensez-vous devenir prêtre ?

– Oui, et je m'y prépare. »

Il me demande aussi comment je compte former les frères. Je confie à ses prières l'avenir de la fraternité et l'espérance de donner à l'Église des frères et des prêtres, prêts à servir en fraternité la nouvelle évangélisation. Nous sommes déjà bien dans cette Pentecôte d'amour annoncée par Marthe Robin.

Il sort alors de sa poche une enveloppe, me disant que cela me servirait sûrement pour les besoins de la maison. Je le remercie d'être ainsi instrument de la Providence :

« C'est normal », me dit-il.

C'est le bienvenu car, à Tibériade, nous avons toujours des factures qui attendent. C'est comme s'il connaissait nos besoins. Des billets neufs comme il en sort de l'imprimerie !

Je l'invite à prendre une tasse de café à l'accueil afin que les autres frères et les retraitants puissent aussi profiter de son passage. Il accepte. En entrant dans la salle à manger, je lui présente Georgette et Raoul et lui dis que ce couple fête ses trente ans de mariage. Le roi les félicite et leur dit simplement : « Plus on vieillit en couple, plus on s'aime. Après trente ans de mariage, l'amour grandit. » Il savait de quoi il parlait. Il suffisait de le voir avec la reine pour apprécier la grâce de la tendresse, de l'attention et de la vraie complicité qu'ils vivaient ensemble. Quelle créativité et quelle fécondité le mariage peut donner quand l'amour est « roi » !

Arrivés à la cuisine, nous nous asseyons sur les bancs. Il fait bien chaud, le poêle à bois donne une douce odeur. Il nous reste deux petits morceaux de tarte au sucre. Je fais signe à frère Joseph de prendre le morceau le plus coulant afin qu'il reste au roi le morceau le plus facile à prendre. Frère Joseph lui verse aussi une tasse de café. Le roi est assis juste en face du Christ dessiné sur le mur, frère Joseph est assis à ses côtés. Avec eux, il y a aussi un gars paumé que le roi repère vite ; il lui pose quelques questions. Le roi lui dit que la belle musique peut être un moyen d'apaisement, de guérison. Ensuite arrive un jeune couple de fiancés qui ne se rendent pas compte que nous sommes occupés avec le roi car ils ne le reconnaissent pas. Ils me demandent s'ils peuvent me rencontrer. Je leur réponds que cela conviendrait mieux un peu plus tard et, à cet instant, reconnaissant le roi, ils me disent : « Oh oui, nous reviendrons dimanche prochain ! » Directement le roi me dit : « Frère Marc, faites votre travail. Allez rencontrer ces jeunes qui désirent parler avec vous. Allez à votre aise. Moi, je m'occupe de l'accueil avec frère Joseph. »

J'ai bien envie de rester à table avec lui mais, devant sa demande, je me dis : « Obéis au roi ! » Je me lève donc et je pars avec ce jeune couple dans mon bureau. Le roi ne voulait pas que sa présence empêche la maison de fonctionner comme à l'ordinaire et, comme il devenait le maître de ces lieux, je lui ai obéi. Le partage avec le jeune couple n'est pas très long tant nous désirons, eux et moi, retourner à la table du roi. Il est encore là. Son garde du corps est dans l'autre pièce, observant le va-et-vient.

« Votre garde du corps ne veut-il pas du café ?

– Non, c'est normal. »

Et à voix basse, il ajoute : « Priez pour lui, il s'appelle aussi Marc ! »

La cloche sonne pour le temps d'adoration. Nous invitons le roi à venir adorer Jésus. Il nous suit et je lui dis :

« Restez encore avec nous !

– Je reste encore vingt minutes puis il me faut rentrer à Ciergnon. Il se fait tard, la reine m'attend. »

Je pensais aux disciples d'Emmaüs qui, après avoir vu Jésus, veulent qu'il reste davantage. Nos cœurs étaient aussi brûlants devant son amitié.

Pendant vingt minutes nous vivons un temps d'adoration devant le Saint-Sacrement. Il y a un silence de présence et d'attention au Christ. Notre roi Baudouin contemple l'humilité du Roi des rois à genoux, comme nous, sur les petits bancs de prière. Je guette le moment où il va se lever. J'entends le banc légèrement craquer, il quitte la chapelle et je lui dis :

« Au revoir, Monseigneur. »

Oui, j'ai l'impression de voir un cardinal ou un évêque ! Je ne sais plus comment l'appeler, je crois l'avoir salué de tous les noms : Roi, Sire, Majesté, Monseigneur. Avant de partir je lui demande : « Faites-moi une croix sur le front ! Vous êtes pour moi un père. »

Il s'approche directement, me fait le signe de la croix sur le front et me donne une accolade très chaleureuse, pleine de tendresse, comme si j'étais un de ses proches.

« Remettez mon bonjour à la reine, lui dis-je.

– Je reviendrai avec elle. »

Avant de fermer la porte de la chapelle, il me dit encore, en me montrant du doigt le gars paumé qui était à table avec nous : « Vous voyez ce jeune ? Il a besoin de vous… »

Alors je rentre de nouveau dans la chapelle pour continuer l'adoration. Mon cœur bat de joie et d'émotion. Il brûle aussi d'une joie si simple et si belle de contempler Jésus, le Roi des rois. Alors je me dis : « Marc, es-tu aussi attentif à Jésus très humble, très discret dans le Saint-Sacrement, la présence réelle du Christ ? Le Roi est là, si humble et pauvre. Et si notre roi des Belges est saint, combien plus le Christ ! Il est là, attends-tu son retour ? Jésus s'est identifié au petit, au pauvre : « […] j'étais nu et tu m'as vêtu ; j'étais malade et tu m'as visité ; j'étais prisonnier et tu es venu à moi » (Mt 25, 36). Tu t'es mis aux pieds du roi. Es-tu prêt aussi à te mettre à genoux aux pieds du pauvre ? »

Cette visite du roi a rafraîchi mon amour pour le Christ ; les saints nous rapprochent toujours de lui. Quand je vais adorer et que le zèle n'y est pas, je me dis : « Si on te disait que le roi est là, à la chapelle, tu y courrais vite. Eh bien il y a ici bien plus que notre frère Baudouin. » Oui, avec Jésus nous avons une audience à tout moment. Est-ce que le zèle me brûle de rencontrer Jésus ?

Rencontre à Ciergnon

Je viens d'être ordonné prêtre par Mgr Mathen. Dans la petite chapelle de la Transfiguration, je dis ma première messe, accompagné du prêtre du village. Mes parents et quelques proches sont là. Depuis dix ans j'ai transformé ce premier petit pavillon en chapelle et elle est devenue un véritable lieu de prière. Cette chapelle a été ma première maison et je pensais l'habiter avec ma future épouse. Dans cette chapelle je dis donc ma première messe, je donne l'amour de Dieu. Ce sont pour moi comme des noces.

Après la messe je reçois un coup de fil du domaine royal de Ciergnon. Le roi me fait savoir qu'il serait heureux que j'aille célébrer une messe dans son château. Je propose de venir également avec frère Joseph et Paul, un jeune postulant, et il accepte.

Le lendemain, un chauffeur vient nous chercher à Tibériade avec une très belle voiture, devant l'étonnement des personnes présentes à l'accueil.

« C'est une voiture pour un ministre ! me dit un frère.

– Oui, répondis-je, ministre de Jésus. »

Nous arrivons devant les grilles ouvertes du château. Dans ma tête je prépare mon homélie. J'ai déjà écrit sur un petit papier quelques idées et j'ai glissé des points de repère dans le missel, pressentant ma maladresse et une certaine nervosité durant cette eucharistie avec le roi. Le chauffeur nous conduit maintenant à travers des allées bien soignées et nous invite à entrer dans une chapelle indépendante du château.

Après un temps de recueillement le roi arrive avec la reine, tout souriants et joyeux de nous accueillir. Je lui dis que c'est ma deuxième messe.

« Nous sommes en famille », me répond-il.

Je lui propose d'offrir cette messe à l'Esprit Saint afin qu'une Pentecôte descende sur toute l'Europe, la large Europe.

« Parfait », me dit-il.

Pendant la messe je le vois se tenir à côté de l'autel, attentif. Il lit la première lecture et la reine lit à sa suite le psaume. À l'offertoire, le roi s'avance pour me donner la patène avec les hosties et le calice, et il me lave les doigts.

J'appris plus tard qu'il servait toujours la messe pour les prêtres qu'il recevait. J'étais impressionné de le voir servir comme roi-vrai serviteur. Il n'était ni diacre ni prêtre, mais il tenait du diacre qui sert et du prêtre qui offre et s'efface. Il avait une joie à servir : peut-être que le nom d'« enfant de Cœur » lui convenait le mieux.

Dans cette chapelle, tous ceux qui travaillent au château sont là, ils forment une grande famille. Du concierge à la femme de chambre en passant par le jardinier, tout le monde a arrêté ses occupations.

Après la communion, il y a un long temps de recueillement. Ensuite Paul chante : « Église, mon amour », un chant que la reine aime. À la fin de la messe, le roi me fait signe de venir dans la sacristie et me fait cadeau d'une « valise-chapelle » contenant tout ce qui est nécessaire pour dire la messe en mission : « C'est de la part d'un de mes chers collaborateurs et de son épouse. »

Et il me félicite encore, souhaitant plein de grâce à notre jeune fraternité.

Dans mon cœur bouillonne une parole qui m'a travaillé durant toute la messe. Mais oserais-je la lui dire ? Je me lance : « Sire, je ne sais comment vous dire cela, mais ce serait tellement fort pour toute la Belgique et pour le monde si vous deveniez un saint. Oui, devenez saint ! »

Il me regarde droit dans les yeux, guère étonné : « Mais vous aussi devenez saint ! C'est vrai, c'est la vocation de tout baptisé d'être saint, donc la mienne aussi. Mon métier est d'être roi, mais mon métier de baptisé est d'être un saint. »

Alors je lui redis : « Devenez un saint roi ! »

La sainteté est un grand enjeu. En moi était la certitude que ce qu'il ne pourrait faire ici-bas, il l'accomplirait d'avantage au Ciel. À cette époque, rien ne laissait supposer qu'il mourrait quatre ans après et que son rayonnement éclaterait à la face de toute la Belgique et du monde.

Le roi aurait pu me répondre : « Oh, vous savez, je suis si pécheur ! » Il en avait aussi conscience mais sa profondeur n'avait pas besoin d'un semblant d'humilité. Il savait que son chemin de sainteté serait source de paix, de bonheur, de créativité pour l'avenir de la Belgique et de sa famille.

J'en oubliai ma « valise-chapelle » qui ressemblait à une valise de ministre ! Il se mit à pleuvoir. Je crois que la messe avait mis tout le monde en retard. Le roi et la reine regagnèrent le château et je retournai tout heureux dans ma chère fraternité.

15

Trois anges prophètes

Le cardinal

Quelque temps après mon retour d'exil, frère Joseph vient me trouver à la cuisine : « Frère Marc, il y a un doyen un peu fort à la chapelle. » Je m'y rends et je reconnais le profil du cardinal Danneels, primat de Belgique ! Il se lève, m'accompagne sur le chemin qui mène à la maison et me dit : « Nous sommes le 25 mars, fête de l'Annonciation. J'étais à Beauraing et je tenais à venir te saluer. Aujourd'hui je suis pour toi l'ange Gabriel qui vient te dire : "Continue, ça naîtra, ton aventure est d'Église... Patience, le fruit mûrira." »

Il repartit dans sa Volkswagen grise. Il ne resta peut-être que cinq minutes mais, après cette épreuve de l'exil, ces minutes furent

Le cardinal Danneels s'entretient avec nos frères et sœurs à l'occasion d'une visite à notre communauté.

d'un tel réconfort, un tel baume de confiance ! Ce fut pour moi comme un encouragement concret de l'Église. Depuis lors il a pu encore manifester ses encouragements lors de diverses visites ou rencontres.

Nous tous aussi, nous pouvons être des anges de Dieu annonciateurs de bonnes nouvelles, dire des paroles de paix et d'encouragement, poser des actes concrets de charité, vivre des « visitations » surprises et gratuites. Ces visitations sont source de joie mutuelle.

Daniel-Ange

Après avoir quitté le Rwanda, Daniel-Ange commença son ministère auprès des jeunes. J'avais été très touché par un de ses premiers livres : *Les saints de l'an 2000, pourquoi les massacrer ?* et, à l'occasion de son passage à Louvain-la-Neuve, je lui remis *Jésus, notre Fondateur,* les intuitions de base de notre fraternité qui venaient d'être écrites. Je le suppliai de faire un saut jusqu'à Lavaux-Sainte-Anne pour voir et bénir ce lieu, car son enthousiasme et son élan me donnaient de l'espérance. Je percevais qu'il pouvait me comprendre.

Le Père Daniel-Ange devant la cabane des débuts devenue un ermitage.

Un peu plus tard, alors que j'étais en train de remettre des tuiles sur le toit de la petite chapelle de la Transfiguration, il arriva. Dès sa sortie de voiture, il m'aperçut sur le toit et me lança quelques exclamations fortes et exaltantes : « Oooh, frère Marc, comme l'Église à besoin d'écoles buissonnières, d'écoles du cœur ! Elle a besoin de petits moineaux comme toi… Oooh, « Tibériade » m'évoque ce passage de Jésus d'une rive à l'autre, de la prière à la mission… Continue ton histoire d'amour avec l'Église. C'est beau, c'est beau ! »

Une autre fois, il vint me visiter alors que la grande chapelle était encore en construction, à ciel ouvert, et je lui expliquai pourquoi je désirais construire des petites chambres dans la chapelle, comme des petites cellules de prières autour de l'autel. Il s'exclama alors, comme en une prière : « Oui, ce lieu sera une maternité spirituelle. Beaucoup d'accouchements pourront s'y vivre pour devenir homme nouveau à la suite du Christ. Oui, comme au bord du lac de Tibériade, ce lieu sera une terre d'appel ! »

Trente ans après, j'ai encore en moi ces paroles qui réchauffent mon cœur. Le monde a besoin d'éveilleurs, de prophètes. Daniel-Ange, ce bon fou de Dieu, a déjà allumé des feux dans tant de cœurs ! Il a aussi beaucoup travaillé à ce que la jeunesse soit lumière en fondant quelques années plus tard l'école d'évangélisation « Jeunesse Lumière ». Merci, Daniel-Ange !

Le Père Victor et saint Séraphim de Sarov

Un après-midi d'hiver, des moines de Chevetogne nous envoient le Père Victor et Alla. Le Père Victor est un moine orthodoxe de Lettonie et Alla est une célibataire vivant à l'ombre du Père. Le Père

Le Père Victor (à gauche de la photo) avec frère Bart de Lituanie (à droite de la photo).

Victor est un vrai starets (père spirituel dans l'orthodoxie), très ouvert, aimé en Lettonie et ailleurs.

Nous les accueillons et faisons le tour de la maison. L'échange se déroule en anglais et les frères me traduisent la conversation en français au fur et à mesure. Soudain, il me dit : « Comme c'est étrange, j'ai l'impression d'être à Sarov ; ce lieu me fait penser à saint Séraphim de Sarov. »

Cette réflexion m'étonne et je lui fais expliquer ce qu'il veut dire : « Oui, c'est comme si Séraphim se promenait dans ce bois, comme s'il était présent dans ce lieu. »

Saint Séraphim de Sarov, saint orthodoxe, m'est très cher, et il n'y avait qu'un orthodoxe qui pouvait me dire cela. Il me dit encore : « Lorsque vous viendrez en Lettonie, je vous ferai une surprise. »

Un « chemin de lumière »

Je lui explique alors combien Séraphim m'est proche et a touché profondément ma vie intérieure, qu'il est une source d'inspiration très profonde et spécialement à travers une intuition qui m'habite : donner à l'Église un « chemin de lumière », un chemin

du Ressuscité, une suite du chemin de croix. Les murs de nos églises d'Occident portent des chemins de croix, mémoire de l'amour fou de Dieu qui a tant aimé le monde. De station en station le Christ est prié, spécialement le Vendredi saint. Alors j'ai voulu, sous l'inspiration de saint Séraphim, écrire quinze stations, quinze manifestations du Christ ressuscité pour illuminer la croix et toutes les croix d'aujourd'hui, donner la lumière du Ressuscité au monde.

« Je voudrais, lui dis-je, proposer à mes frères et sœurs d'Occident de prier et de puiser des forces nouvelles dans ce mystère pascal, de vivre autant de la résurrection de Jésus que de sa mort sur la croix, c'est-à-dire recevoir et accueillir un élan vigoureux pour sortir de soi et de ses cénacles et donner l'Évangile. En un mot, vivre avec ce chemin de lumière une Pentecôte.

Il faut poser sur nos murs intérieurs le sceau de la résurrection, cette scène bouleversante du matin de Pâques qui donne la vraie lumière à tous nos matins jusqu'à ce que le Ressuscité revienne dans la gloire. En attendant son retour, faisons de nos maisons, de nos communautés et de nos paroisses des lieux de vie fraternelle, frais comme un printemps pour allumer le feu de l'Évangile et le répandre avec audace et nouveauté.

Ce chemin de lumière est un petit moyen de conversion, de prière et d'évangélisation pour laisser poser sur nous le regard de miséricorde du Ressuscité et accueillir l'Esprit Saint, un sceau d'amour[24]. »

Ensuite je montre au Père Victor la première petite chapelle de Tibériade, toute blanche, appelée chapelle de la Transfiguration. Elle a été baptisée ainsi suite à la lecture du récit de la transfiguration de saint Séraphim et de son disciple Motovilov au milieu de la forêt tout enneigée, alors que Motovilov était venu lui demander ce qu'est le but de la vie chrétienne.

Je m'étais retrouvé dans la personne de ce jeune Nicolas Motovilov. À sa demande, saint Séraphim répondit que le vrai but de la vie chrétienne, c'est *l'acquisition de l'Esprit Saint* :

> Comme je voudrais, ami de Dieu, que vous trouviez cette source intarissable de grâce et que vous vous interrogiez sans cesse : « L'Esprit Saint est-il avec moi, suis-je dans l'Esprit Saint[25] ? »

24. Frère Marc, *Ô ma joie! Christ est ressuscité! Pour le troisième millénaire un chemin de lumière*, Paris, Éd. de l'Emmanuel, 1999.
25. Irina Gorainoff, *Séraphim de Sarov*, Paris, DDB-Abbaye de Bellefontaine, 1995.

Quelques mois plus tard, frère Joseph alla rendre visite au Père Victor dans sa paroisse en Lettonie. Le père spirituel du Père Victor avait eu de son vivant des contacts avec l'entourage de saint Séraphim de Sarov et il avait reçu plusieurs reliques de lui : un morceau de la pierre sur laquelle il avait prié plus de mille jours ainsi qu'un morceau de son doigt. Le Père Victor se dirigea vers son oratoire, ouvrit le coffret des reliques, prit la pierre bénie et en cassa un morceau. Ensuite il prit un très petit bout du doigt de saint Séraphim et mit tout cela dans un reliquaire, l'offrit à frère Joseph qui, à son tour, l'offrit à la fraternité. Aujourd'hui, ce petit reliquaire est souvent dans ma poche. Il a été parfois l'occasion d'inspection dans les aéroports : en effet, lors des passages des portes de sécurité je faisais sonner les alarmes ! Oui, un saint est une petite bombe d'amour !

C'est beau de voir un orthodoxe partager avec un catholique une relique précieuse. C'est l'œcuménisme des saints. À travers le Père Victor il m'a été donné d'approfondir encore davantage ma rencontre avec saint Séraphim de Sarov. Là où les saints passent, Dieu passe avec eux. Ils en laissent des traces de lumière et de tendresse. Avec eux, tu fais de la théologie sans t'en rendre compte. Ils te communiquent de leur sainteté et « ils ont de bons virus à te donner » (Père Daniel-Ange).

Récit de la transfiguration de saint Séraphim

Saint Séraphim est à connaître. Il réchauffe le cœur par la douceur, la clarté et la force de sa parole :

Alors le Père Séraphim me prit par les épaules et les serrant très fort dit :

« Nous sommes tous deux, toi et moi, en la plénitude de l'Esprit Saint. Pourquoi ne me regardes-tu pas ?

– Je ne peux pas, Père, vous regarder. Des foudres jaillissent de vos yeux. Votre visage est devenu plus lumineux que le soleil. J'ai mal aux yeux... »

Le Père Séraphim dit :

« N'ayez pas peur, ami de Dieu. Vous êtes devenu aussi lumineux que moi. Vous aussi vous êtes à présent dans la plénitude du Saint-Esprit, autrement vous n'auriez pas pu me voir [...] Que sentez-vous maintenant ?

– Je sens une douceur extraordinaire.

– C'est la douceur dont parlent les Écritures. "Ils boiront le breuvage de ta maison et tu les désaltéreras par les torrents de ta douceur" (Ps 36 [35], 9). Elle déborde de notre cœur, s'écoule dans nos veines, procure une sensation de délice inexprimable... Que sentez-vous encore ?

– Une joie extraordinaire dans tout mon cœur.

« N'ayez pas peur, ami de Dieu. Vous êtes devenu aussi lumineux que moi. » Frère Frédéric (saint Séraphim) et frère Julien (Motovilov) dans une pièce de théâtre jouée aux JMJ de Cologne en 2005.

– Quand le Saint-Esprit descend sur l'homme avec la plénitude de ses dons, l'âme humaine est remplie d'une joie indescriptible, le Saint-Esprit recréant dans la joie tout ce qu'il effleure. C'est cette joie dont le Seigneur parle dans l'Évangile lorsqu'il dit : "Une femme qui enfante est dans la douleur, son heure étant venue. Mais ayant mis un enfant au monde, elle ne se souvient plus de la douleur, tellement sa joie est grande. Vous aussi, vous aurez à souffrir dans ce monde, mais quand je vous visiterai, vos cœurs seront dans la joie, personne ne pourra vous la ravir" (Jn 16, 21-22) [...] C'est ainsi qu'en réalité cela devrait être, la grâce divine habitant au plus profond de nous, dans notre cœur. Le Seigneur a dit : "Le Royaume des Cieux est au-dedans de vous" (Lc 17, 21). Par le Royaume des Cieux, il entend la grâce du Saint-Esprit. Ce Royaume des Cieux est en nous maintenant. Le Saint-Esprit nous illumine et nous réchauffe. Il emplit l'air ambiant de parfums variés, réjouit nos sens et abreuve nos cœurs d'une joie indicible. Notre état actuel est semblable à celui dont parle l'apôtre Paul : "Le Royaume de Dieu, ce n'est pas le manger et le boire, mais la justice, la paix et la joie, par l'Esprit Saint" (Rm 14, 17). Notre foi ne se base pas sur des paroles de sagesse terrestre, mais sur la manifestation de la puissance de l'Esprit. C'est l'état dans lequel nous sommes actuellement et que le Seigneur avait en vue lorsqu'il disait : "Je vous dis en vérité, quelques-uns de ceux qui sont ici présents ne mourront point qu'ils n'aient vu le Royaume de Dieu venir avec puissance" (Mc 9, 1).

Voilà, ami de Dieu, quelle joie incomparable le Seigneur a daigné nous accorder. Voilà ce que c'est d'être "en la plénitude de l'Esprit Saint". » [...]

Pendant toute la durée de l'entretien, depuis le moment où le visage du Père Séraphim s'est éclairé, la vision de lumière continuait, et sa posture tant qu'il parlait, depuis le commencement de ce récit jusqu'à la fin, restait inchangée. Quant à l'éclat indicible de la lumière qu'il irradiait, je l'ai vu de mes propres yeux, et je suis prêt à le certifier sous la foi du serment[26].

Oui, ami de Dieu, toi qui lis ces quelques lignes, acquiers, reçois l'Esprit Saint pour vivre dans la charité et révéler bien simplement l'amour fou de Jésus. Une douceur divine t'habitera et, à certains moments, une joie extraordinaire envahira ton cœur par la simple annonce du Christ ressuscité.

De quoi faut-il munir ton cœur ? Séraphim te répond :

Arme-toi de patience et d'humilité. Pas de joie possible sans patience et humilité. Il faut endurer avec patience quoi qu'il arrive avec reconnaissance même, pour l'amour du Christ. On te blâme, réponds par des éloges... On te persécute, supporte. On te fait des reproches, n'en fais pas. Souffre en silence que l'ennemi t'outrage et ouvre ton cœur à Dieu seul. Tout cela, c'est le chemin de la sainteté, de la vie parfaite, possible avec la grâce. Humilions-nous, et nous verrons la gloire de Dieu, car là où est l'humilité, là se manifeste la gloire[27].

26. *Ibid.*
27. *Ibid.*

16

Évangélisation par la création

Je reçois des saints bien des lumières de la vie, eux qui sont les chefs-d'œuvre de la création de Dieu, modelés à son image. Et les animaux aussi me suggèrent des attitudes de vie. Les colombes, les abeilles, les ânes ou encore les poules m'aident et m'éclairent dans ma compréhension de la vie spirituelle, simplement par le regard posé sur eux. Ils sont comme un support pour recevoir une parabole de vie, une assistance très précieuse pour l'évangélisation à laquelle ils participent. Oui, regarder tout ce qui vit et respire est source d'émerveillement, la création nous inspire. La proximité avec le monde créé nous dit quelque chose de Dieu, il y laisse comme des traces de sa présence. Jésus nous parle aussi avec bien des paraboles tirées de son observation de la création.

Tout cela peut paraître un peu innocent mais j'ai pu recevoir et donner beaucoup de joie et de paix avec des poules, des colombes, des abeilles, des ânes... Montrer tous ces êtres n'est pas toujours facile, car il me faut dépasser une certaine pudeur, il faut une innocence. Mais souvent la bonté et la beauté de Dieu se manifestent à ceux qui peuvent voir ces créatures avec un cœur d'enfant qui s'émerveille.

Tous ces animaux nous ressemblent dans ce qui fait leur caractéristique, leur particularité. Les paroles reçoivent une force supplémentaire et nouvelle quand elles sont accompagnées d'une image vivante.

Des abeilles à la chapelle de Genimont

Un jour que nous allons prier à la chapelle de Genimont à l'autre bout du village avec frère Joseph, nous découvrons en entrant que des abeilles se sont rendues prisonnières en pénétrant par le trou d'un carreau cassé.

Une femme entre et me dit : « Je connais la chapelle depuis cinquante ans et je l'ai toujours connue avec des abeilles. Elles ont fabriqué comme une ruche, formée au creux du mur près de la fenêtre. Une grosse cavité permet un tel bourdonnement. À la fin de l'été, elles ont fait tant de réserve que le miel coule sur les carreaux de la chapelle. »

D'année en année, le miel continue à couler sur le verre transparent et sur les murs de l'église lors des saisons pleines de soleil, et il déborde des rayons comme la grâce déborde de l'Église pour se répandre sur nous, pierres vivantes. Oui, du côté du Christ débordent encore beaucoup de grâces. L'Église est cette ruche pleine d'espérance qui porte en elle le miel de la Parole, le miel des saints, le miel de l'Eucharistie et de l'éternité.

Merci, sœurs abeilles !

L'Église est traversée par l'Esprit Saint et je crois qu'elle va donner au monde encore beaucoup d'abeilles ouvrières. Ce sont les abeilles qui fécondent les arbres fruitiers en butinant, allant de fleur en fleur, et celles-ci peuvent alors donner des fruits aux vergers qui en seront chargés en automne. Sans ces abeilles ouvrières nous ne pourrions avoir de fruits. Continuons à prier sans relâche le Maître de la moisson pour donner des ouvriers qui iront travailler dans le grand champ de l'Église. Dans cet appel à la mission il y a une sortie de nous-mêmes, comme le Christ est sorti du sein du Père.

Nous avons chacun notre mission. Il y a bien des façons de servir l'Église ; il suffit de regarder vivre une ruche. Il y a tant de fonctions : certaines abeilles balaient, d'autres ventilent, d'autres courent butiner. Tout ce travail est orchestré autour de la reine. Pour nous, il nous faut être greffés sur le Christ, sur le grand arbre tout en fleur qu'est l'Église et recevoir l'Esprit Saint pour porter les fruits de la rédemption. L'évangélisation, ne serait-ce pas aller féconder le grand verger en fleur qu'est l'Église pour lui donner beaucoup de fruits, le fruit nouveau de la charité qui est aussi la personne du Christ ? Jésus est le fruit magnifique de Marie fécondée par l'Esprit Saint. Oui, il nous est demandé d'aller répandre le feu de l'Esprit Saint pour faire naître des chrétiens, des « petits Christs ». La croix, arbre de Vie, est plantée au cœur de la mission.

Des ânes en mission

Calixte est le premier âne que nous avons reçu. C'était un 1er octobre, jour de la fête de sainte Thérèse de Lisieux, patronne des missions et de l'esprit d'enfance. Et je peux dire que depuis qu'il est ici, il a bien travaillé.

L'âne est un animal bien biblique. Il suffit de penser à la Sainte Famille, à son voyage à Bethléem et à sa fuite en Égypte sur un âne, ainsi qu'à l'entrée de Jésus à Jérusalem.

Noisette, Cacahuète et Casse-Noisette, trois ânes missionnaires.

Depuis plusieurs années, quand c'est possible, nous emmenons les ânes en mission et c'est étonnant de voir comme ils sont une clé de contact. Ils sont accueillis à grands cris par les enfants dans les écoles, ils mettent à l'aise les professeurs et détendent l'atmosphère. Devant l'innocence et la candeur des ânes, des frères habituellement plus timides et réservés reçoivent une plus grande audace missionnaire. Les ânes ouvrent à la simplicité et empêchent de se prendre trop au sérieux. Ailleurs, en mission, une foule d'enfants et d'adultes s'attroupent bien souvent autour de l'âne accompagné des frères et, pendant qu'ils caressent l'animal, les frères les caressent avec la Parole de Dieu. C'est l'occasion de les inviter pour une veillée de prière et d'évangélisation.

Par exemple, frère Bart et frère David sont partis pendant deux semaines, sans bourse ni bâton, avec Chocolat, un de nos ânes. « Nous sommes partis en simples témoins de l'Évangile, au service de ceux que nous rencontrions. Pour le logement, nous avons tout connu : la paille et les châteaux. Un jour, nous avons frappé à la porte du curé d'un village pour l'avertir de notre présence et demander pour passer la nuit. Il a immédiatement sorti la voiture de son garage et pris de la paille pour accueillir l'âne… Un samedi après-midi, alors que nous nous rendions à l'église pour connaître l'heure de la messe, nous avons ouvert la porte et, à notre grand étonnement, l'âne a passé sa tête et s'est mis à braire de toutes ses forces dans l'église. L'organiste et l'assemblée furent très étonnés de ces bruits étranges. C'était la messe d'un mariage ! »

À Louvain-la-Neuve

Peu à peu, la communauté des ânes s'est aussi élargie. Aujourd'hui nous en avons six. Un jour, nous sommes allés avec Brunette à Louvain-la-Neuve, non pour entreprendre des études universitaires mais simplement pour annoncer l'Évangile dans l'esprit de saint François.

Avec elle nous avons traversé les rues et ruelles de cette ville estudiantine. Sœur Agnès passa devant le musée de la ville au moment où un savant professeur expliquait à ses étudiants les qualités artistiques d'une statue en bois représentant Jésus assis sur un âne lors de son entrée à Jérusalem. À travers la baie vitrée, le professeur aperçut l'ânesse avec sœur Agnès et, pour montrer la finesse du travail, il lui a demandé d'introduire l'ânesse dans le musée. Brunette témoigne (!) : « Moi, je n'aime pas les musées, je préfère l'herbe tendre de Lavaux-Sainte-Anne. À force de me tirer, je fus amenée près de la statue et le savant professeur me compara à cet âne de bois. Il s'assit même sur mon dos dans l'attitude de Jésus. Enfin, on me laissa retourner à l'air libre mais, tout de même, cette rencontre me toucha. Ce Jésus devait avoir pas mal de sympathie pour les ânes ! »

Une heure plus tard, je me promenais à mon tour avec Brunette. Je ne savais rien de cette histoire et passai également devant la porte du musée. Alors Brunette, de toutes ses forces, voulut pousser la porte. J'allai un peu plus loin, étonné de voir cet ânesse si entêtée, mais quelqu'un me salua. Cette seconde de distraction permit à Brunette de rentrer dans le musée… J'étais paniqué à l'idée de voir l'ânesse à l'intérieur ! Je courus à sa recherche et j'entendis son galop sur le parquet.

Je retrouvai Brunette près de cette statue en bois de Jésus assis sur un âne. Elle tournait autour de la statue, posait sa tête et reni-

Frère Marc et le conservateur du musée, tout étonnés devant cette scène.

flait les pieds de Jésus. Brunette est restée ainsi tout un temps en silence. Ensuite elle s'est mise face au Christ et à l'âne de bois. Je découvrais une ânesse mystique qui reconnaissait son Maître ! Le conservateur du musée fut très étonné de cette attitude calme et, je dirais, priante de l'ânesse. Rien ne fut cassé dans le musée malgré le passage rapide de Brunette. Tant mieux, car ce musée ne manquait pas d'objets fragiles !

Cette histoire fit du bruit dans la ville. Comme quoi les musées peuvent être très vivants ! L'ânesse avait reconnu son Maître et sa première rencontre avec lui le matin lui donna le désir de le rencontrer encore et de pousser les portes pour poser sa tête à ses pieds. Oui, c'est tout un geste d'adoration. Si sa première rencontre le matin fut un peu forcée par le conservateur du musée, la seconde fut fulgurante, libre et aimante…

Et toi, ami du Christ, iras-tu adorer ton Maître et Seigneur avec autant de zèle et d'entêtement ?

Saint Antoine de Padoue aussi

Alors que la ville de Rimini ne voulait pas admettre que Jésus était présent dans l'Eucharistie, saint Antoine invita l'assemblée à venir voir sur la place un petit prodige…

Il proposa à un fermier de faire jeûner son âne durant trois jours puis de l'amener sur la place avec un sac d'avoine. Les trois jours passés, saint Antoine vint sur la place avec l'ostensoir portant l'Eucharistie et demanda de délier l'âne et de le laisser aller se ravitailler d'avoine. Mais l'âne s'avança vers saint Antoine et ses deux pattes de devant se plièrent pour s'agenouiller devant Jésus-Eucharistie !

Tout le monde fut étonné qu'un âne affamé s'avance d'abord vers son Maître et Créateur, qu'il reconnaissait dans l'Eucharistie, plutôt que de se jeter sur l'avoine. Alors toute la foule se mit à genoux et, ce jour-là, beaucoup crurent à la présence réelle du Christ dans l'Eucharistie.

Les animaux et même les pierres proclament que Jésus est ressuscité si nous nous taisons (voir Lc 19, 40) ! Tout cela est bien simple et il nous faut un cœur tout humble pour y voir le signe de la présence de Dieu.

Les colombes

Il m'est donné d'aimer d'un grand cœur l'Esprit Saint et tout ce qui l'évoque m'est occasion de le prier, de penser à sa présence.

Alors que j'écris ce chapitre, un vent d'été traverse la petite fenêtre de mon ermitage et je vois les herbes se balancer par cette brise légère. Oui, ce vent doux ou parfois violent me parle de la Pentecôte.

À côté de l'ermitage coule un ruisseau. Je me dis souvent combien l'Esprit Saint s'abaisse comme le Christ. Il descend du Père et du Fils, et il est comme l'eau qui ne fait que descendre pour arroser et faire croître sur son passage. Depuis que le Christ est descendu au Jourdain pour recevoir le baptême de Jean le Baptiste, il a sanctifié et purifié toutes les eaux de la terre.

L'Esprit Saint, qui s'est manifesté sous la forme d'une colombe à ce baptême, avait aussi plané sur les eaux de la Genèse. Ainsi, depuis plusieurs années, les colombes me sont familières et, à beaucoup d'occasions, je pars avec une colombe lors de prédications. Elles me sont souvent d'un grand secours car, pendant et après la prédication, elles continuent à évoquer l'Esprit Saint en se baladant dans l'assemblée.

Lors d'un grand congrès d'évangélisation pour les villes qui se tenait à Vienne, on m'avait demandé de témoigner après les interventions du cardinal Lustiger et d'autres grands cardinaux d'Europe. Durant la nuit je répétais dans ma tête ce témoignage à donner et cela m'empêchait de dormir. J'étais tout en peur en pensant à cette grande assemblée.

Le matin venu, la cathédrale de Vienne était remplie. Celui qui m'avait invité à intervenir m'avait dit : « Reste toi-même ! » Alors, après le cardinal Lustiger, je me suis avancé sur le podium face à cette foule énorme. Et la paix au cœur j'ai livré en toute simplicité ce qui m'est très cher pour la nouvelle évangélisation :

« Notre foi ne peut grandir que dans la mesure où elle est communiquée. Une communauté, paroissiale ou autre, ne vit que dans la mesure où elle est évangélisatrice et missionnaire, sinon elle vivote et peut tomber dans des problèmes très secondaires, par exemple des problèmes de disposition de chaises ou des conflits de chorale ! Être missionnaire n'est pas difficile : “Ouvre la bouche, et moi je l'emplirai”, dit le psalmiste. [...]

« Croyez que l'Église, dans l'essentiel, n'est pas en retard, qu'elle est seulement un peu à l'avance, qu'elle travaille pour l'éternité. Nous sommes dans le temps de l'Esprit Saint. Cette Pentecôte d'amour si souvent annoncée est là. Beaucoup sont aux portes de l'Église et il nous faut les inviter audacieusement et simplement à entrer. »

Ensuite je suis allé chercher ma colombe apportée de Belgique dans une boîte en carton. Je l'ai montrée à toute l'assemblée. Elle étendait ses ailes avec l'envie d'être libre, alors je l'ai lâchée dans

Frère Marc et la colombe dans la cathédrale de Vienne.

cette magnifique cathédrale Saint-Étienne. Elle s'est envolée puis s'est posée sur la main d'une statue de la Vierge Marie. J'ai pu alors ajouter : « Là où est Marie, là est l'Esprit Saint ; et là où est l'Esprit Saint, là est Marie. »

Une longue ovation s'est élevée dans la cathédrale devant ce signe si simple et profond. Il y avait des tas d'autres statues de saints et d'apôtres, mais c'est sur Marie que la colombe s'est posée, et elle y est restée longtemps. Cette statue de Marie est particulièrement vénérée à Vienne.

Dans cet élan de joie, j'ai aussi semé un gros sac de blé dans toute la cathédrale, en signe de ce temps où il nous faut semer la

La colombe sur la main de la Vierge Marie.

Parole très largement et récolter ce que d'autres ont déjà semé. Oui, c'est le temps des semailles mais aussi le temps de la moisson. La liesse était grande dans l'église devant ce geste inattendu et l'abondance des semailles. À la fin, j'ai déposé le reste du sac sur le prie-Dieu du cardinal Schönborn qui me souriait avec bonté et bienveillance. Avec le prince du Liechtenstein, le sacristain et d'autres volontaires, toute l'église fut ensuite balayée dans la joie et beaucoup ramassaient ce blé semé.

Je couve : quelques conseils sur la prière

La présence d'un poulailler dans notre fraternité m'a souvent donné l'occasion d'être spécialement attentif quand une poule se met à couver. Si le Christ lui-même m'a appris à prier et si les saints, par leur vie, m'ont aidé à prier, les poules me l'ont aussi appris. Elles m'ont donné quelques conseils sur la prière.

Il y a quelques années, alors que je regardais couver une poule, j'étais admiratif devant sa patience : rester là et couver dans un coin de son poulailler, presque sans bouger et cachée à l'ombre pendant que les autres picorent et chantent avec le coq !

Cette contemplation de la poule m'a donné de mieux comprendre l'attitude et l'effet de la prière. En effet, une poule qui couve, immobile, communique sa chaleur aux œufs. Et toi, quand tu pries, tu attires l'Esprit Saint, tu réchauffes le monde par le feu de l'Esprit.

La poule demeure avec persévérance sur ses œufs. Parfois il nous faut prier longtemps sans nous décourager. La poule pourrait se demander : « Mais, qu'est-ce que je fiche ici, sur ces œufs ? » C'est au bout de vingt et un jours qu'elle comprend en ressentant les effets de la vie qu'elle a communiquée, quand des petits becs lui piquent le derrière. Elle voit ses poussins ! Donner la vie la fait chanter. Couver transforme de simples œufs fécondés en poussins vivants. La prière achève en nous ce que le baptême, par l'Esprit Saint, avait fécondé.

Eh bien toi, quand tu pries, tu couves et tu reçois cette chaleur de l'Esprit Saint. La prière attire l'Esprit qui te transforme intérieurement jusqu'à devenir l'homme nouveau. La prière a des effets de vie en toi et autour de toi. Elle t'éclaire, te conseille, te dilate le cœur si tu persévères malgré les combats. Cette rencontre avec le Christ, si elle est vraie, transforme tes relations. La prière persévérante brise ta coquille et te donne de voir la lumière. Tu te déploies alors et étends tes ailes pour aimer car prier, c'est aimer et se laisser aimer. Oui, l'amour transforme.

Quand tu pries, c'est aussi l'Esprit Saint qui te couve de son ombre et te couvre de ses ailes, et tu te laisses féconder. La prière est une question de fécondité pour ta vie, elle est une rencontre de liberté et d'amour. Lance des cris de foi, d'amour et d'espérance ! Va jusqu'au bout de ton oraison, c'est-à-dire de ta couvée, car ce sont souvent les cinq dernières minutes de la prière qui sont les plus importantes et décisives. La prière est parfois rude et ne tient plus qu'à une décision, celle d'être là pour le Christ. Si tu vis dans l'obscurité du tombeau, la persévérance, la patience et la confiance te donneront, par la prière, de basculer la pierre de ton tombeau et de laisser la lumière pénétrer. Une force qui vient d'en haut t'éclairera, ta prière te transfigurera et une joie te baignera de lumière. En plus, la prière te donnera d'habiter avec toi-même. Elle n'aura pas toujours des effets immédiats mais, même si tu ne sens rien, tu découvriras ses fruits et tu les vivras durant la journée ou plus tard. Oui, la prière est comme une sieste, c'est le soir que l'on sent ses bienfaits.

Jésus vient habiter chez toi comme chez Zachée. Il te faut être une poule super-contemplative, c'est-à-dire que tu puisses demeurer avec Dieu. Si tu crois que ta prière est froide, ne t'en préoccupe pas et continue sans prendre ta température, Dieu fait son œuvre en toi. Laisse-toi étonner de la vie qui va jaillir par ta prière car tu donnes à la résurrection du Christ l'occasion de manifester sa force en toi. Quand tu pries, tu vis Pâques, c'est-à-dire que tu vis des petites résurrections quotidiennes. Oui, Pâques, c'est aujourd'hui ! La source coule, la coquille a éclaté, la pierre est roulée.

L'Agneau

À la fin de l'hiver les brebis se préparent à mettre bas. Chaque naissance d'agneau est une fête. As-tu déjà vu naître un agneau ?

D'abord, si tout va bien, deux petites pattes apparaissent. Et quand c'est nécessaire, nous aidons la brebis en tirant sur les deux pattes, alors la tête vient. Et quand la tête est passée, c'est tout le reste du corps qui sort comme une fusée ! La mère lèche l'agneau en toute rapidité et, quelques minutes plus tard, il se dresse sur ses pattes fragiles qui ressemblent à quatre béquilles. Debout il cherche d'emblée le lait et quand il a trouvé les mamelles sa petite queue se met à tressaillir et à danser. Il a trouvé le biberon !

Que de fois j'ai apporté à la chapelle un agneau et, avec lui, parlé du Christ doux et humble de cœur, l'Agneau de Pâques. Alors les regards s'attendrissent et l'assemblée se fait plus attentive. Alors nous entendons la voix de Jean le Baptiste crier : « Voici l'Agneau de Dieu qui enlève le péché du monde » (Jn 1, 29). Est-ce qu'un agneau peut faire peur ? Le Christ est le Pasteur, le Berger, mais il reste un agneau. Un jour, saint François d'Assise refusa de tuer un agneau, pensant au Christ crucifié.

Écoute Ézéchiel prophétiser sur le Christ berger. Cette parole peut donner vie à nous tous, que nous soyons pauvres, faibles ou forts :

> Maintenant, j'irai moi-même à la recherche de mes brebis, et je veillerai sur elles. Comme un berger veille sur les brebis de son troupeau quand elles sont dispersées, ainsi je veillerai sur mes brebis, et j'irai les délivrer dans tous les endroits où elles ont été dispersées un jour de brouillard et d'obscurité. [...] C'est moi qui ferai paître mon troupeau, et c'est moi qui le

ferai reposer, déclare le Seigneur Dieu. La brebis perdue, je la chercherai ; l'égarée, je la ramènerai. Celle qui est blessée, je la soignerai. Celle qui est faible, je lui rendrai des forces. Celle qui est grasse et vigoureuse, je la garderai, je la ferai paître avec justice [28].

Ce texte est une splendeur d'amour. Le Christ, ton berger, la réalise pour toi aujourd'hui. Si tu es dans le doute ou le brouillard, prie, médite longtemps ce texte jusqu'à ce que la paix profonde t'habite. Persévère dans cette prière.

Près de la chapelle, en été, nous voyons le troupeau de moutons dans la prairie et les agneaux sauter et gambader comme des gazelles. Et le soir, des frères y vont souvent faire leur lecture spirituelle pour s'émerveiller.

Le respect de la création

Regarder le Christ, nous convertir nous demande d'être respectueux de la terre qui nous est confiée, de l'améliorer et de bien la traiter. Évangéliser est une façon de participer à ce mouvement de

28. Ez 34,11-12,15-16.

respect de la création. L'écologie est un moyen de découvrir le Créateur sinon, sans Dieu, elle risque de devenir de l'idolâtrie.

Oui, découvrons Celui qui a créé avec bonté tout l'univers, tout ce qui vit et respire, et découvrons que notre conversion doit se vivre non seulement dans nos rapports humains mais aussi avec toute la création. Notre conversion a un impact sur tout l'univers. Aujourd'hui la création souffre, comme l'humanité. Si elle est en nos mains, n'oublions pas aussi que l'amour du Christ a tout saisi et récapitulé en lui. Sans être naïfs, croyons que toute notre histoire – notre terre – finira bien car le Christ a sauvé tout ce qu'il a créé.

17

Autres fioretti sur la création : la Providence

Un frère mariste me disait un jour : « Écris toutes ces petites fleurs, ces événements où la Providence de Dieu s'est manifestée, où sa bonté a éclaté ! » J'en ai déjà écrit précédemment et en voici d'autres qui nous stimulent à faire confiance au Seigneur, car il peut répondre à nos demandes pour autant que nous lui laissions l'espace pour agir. Il manifeste alors sa gloire et sa présence aimante.

Des dindes pour Noël

Alfred et Bertha, un vieux couple d'amis formidables de Froidlieu, sont venus chaque jour à Tibériade pendant plusieurs années pour prier le chapelet avec leur accent bien typique. Et chaque année, à Noël, ils nous apportaient deux belles dindes pour la fête en nous disant avec insistance : « C'est pour vous ! »

Une année, alors qu'ils venaient de nous apporter les deux belles dindes, des pauvres viennent ici pour mendier. Les fins d'année, pour eux, sont toujours plus dures. Alors que je leur prépare un colis avec les quelques vivres habituels, la dame me demande : « N'auriez-vous pas un peu de viande pour notre fête de Noël ? » Directement je pense aux deux dindes et un combat intérieur commence : « Il nous faut bien deux dindes car nous serons nombreux. Et puis Alfred m'a dit de les garder… » Mais finalement je vais chercher une dinde et je l'offre à la dame qui s'en va ravie.

Deux minutes après, une voiture se gare près de l'accueil. Le chauffeur m'appelle et me dit : « Voilà, j'élève des dindes et je viens vous en apporter une. » Il sort de son frigo-box une dinde énorme, presque aussi grosse qu'une autruche ! Je n'en revenais pas. À l'instant je donne, et à l'instant je reçois dix fois plus !

J'aurais sans doute reçu cette grosse dinde-autruche même si je n'avais pas donné celle d'Alfred et Bertha à ces pauvres, mais alors quel sentiment de regret m'aurait habité de ne pas l'avoir donnée ! Deux fois la joie me fut donnée : la victoire du premier partage et la joie de recevoir à l'instant même comme le centuple que Jésus promet dans l'Évangile (Mt 19, 30).

Le lendemain, une autre femme vint encore me demander un colis avec un « petit extra » pour Noël. La seconde dinde d'Alfred et Bertha fut plus facile à donner. Et là encore je reçus après une autre belle dinde du papa de frère Benoît. Oui, c'est l'économie du don. Il faut le vivre pour le voir et le croire !

Un olivier et de l'huile

Un jour, Benoît, un père de famille revenant d'Italie, nous rapporte un olivier dans un grand pot. Cet olivier mesurait 1,5 mètre et je le mis à la chapelle quelques jours.

Quand on me parle d'olivier, j'imagine très vite Noé lâchant la colombe après le déluge pour voir si la vie est revenue sur terre. Elle lui revient avec un brin d'olivier frais dans le bec. Il y a une superbe mosaïque relatant cet épisode dans la basilique Saint-Marc à Venise. De l'olivier, on tire l'olive qui me fait penser au soleil du Sud et aux pays méditerranéens... Et puis de l'olive on tire de l'huile. Cette huile qui est consacrée le Jeudi saint et qui servira d'onction pour les futurs baptisés et confirmés. Par elle, ils recevront le sceau de l'Esprit Saint sur le front. Elle sera aussi le soutien et le réconfort des malades par les sacrements, les mains des prêtres en seront ointes et elle sera versée sur la tête du nouvel évêque. J'ai toujours rêvé d'avoir un petit champ d'oliviers pour y cueillir des olives, comme à Assise, les presser à froid et en recueillir l'huile qui refait le corps de l'homme ou qui sert tout simplement à assaisonner la salade et les crudités. Cet olivier reçu de Benoît évoquait tout cela.

Quelques jours plus tard, Michaël, un laïc consacré, me dit que je peux recevoir à très bas prix quelques bouteilles d'huile d'olive, qu'il me suffit pour cela de téléphoner à un fournisseur de produits italiens qu'il connaît. Je passe alors commande pour une dizaine de bouteilles et, la semaine suivante, la livraison est faite. Mais ce ne sont pas seulement dix bouteilles d'huile d'olive qui me sont livrées, mais plus d'un mètre cube, plus de 1 000 bouteilles ! Une énorme palette d'huile d'olive de la région de Florence, le pays du bienheureux Fra Angelico, nous est offerte gratuitement !

À travers cette abondance je repensais à la profusion des dons du Saint-Esprit sur le monde. Oui, une Pentecôte s'est levée, elle a déjà commencé depuis plus de deux mille ans mais il y a encore tant d'amour à recevoir du côté transpercé du Christ. Il y a tant de lumières de l'Esprit Saint à répandre, à déverser par toute la terre, sur tous les continents, dans ta région, dans ta famille ou ta communauté, mais d'abord dans ton cœur. Oui, laisse-toi guider, corriger et éclairer par l'Esprit Saint, le baiser d'amour du Père et du Fils. L'Esprit est donné à ceux qui le demandent avec persévérance.

Une oliveraie d'Assise.

L'abondance de cette huile me montre en images les réserves d'amour que la Trinité a en elle et qui n'attend qu'à être répandu. Le gros du travail a été accompli par la venue du Christ. Il a remis l'Esprit Saint et il l'a répandu. Maintenant, c'est à toi d'être son ambassadeur pour répandre la douce rosée de l'Esprit Saint sur le monde.

Qu'est-ce que cela veut dire ? C'est vivre en homme nouveau, en communion, en Trinité. C'est mettre en pratique l'unique commandement du Christ : « Je vous donne un commandement nouveau, c'est de vous aimer les uns les autres comme je vous ai aimés » (Jn 15, 12). C'est tout le résumé de la Loi et des prophètes. Est-ce que j'aime le Christ ? Est-ce que je prie ou travaille en aimant ? Est-ce que j'aime vraiment mon frère ? Alors, que je le prouve par mes actes ! Répandre la douce rosée de l'Esprit Saint, c'est vivre ce commandement dans toutes ses gammes, se laisser convertir, se laisser sanctifier par ce commandement nouveau.

Comme tout se tient ! À la suite d'un petit olivier je reçois aussi un vase d'huile d'olive qui ne s'épuise pas, comme pour la veuve de Sarepta qui a tout donné. Moi je n'ai presque rien donné mais j'ai beaucoup reçu. Écoute Élie parler à la veuve de Sarepta, il te parle à toi aussi :

L'huile qu'il nous restait encore après quatre ans !

> Élie partit pour Sarepta, et il parvint à l'entrée de la ville. Une veuve ramassait du bois. Il l'appela et lui dit : « Veux-tu me puiser, avec ta cruche, un peu d'eau pour que je boive ? » Elle alla en puiser. Il lui dit encore : « Apporte-moi aussi un morceau de pain. » Elle répondit : « Je le jure par la vie du Seigneur ton Dieu : je n'ai pas de pain. J'ai seulement, dans une jarre, une poignée de farine, et un peu d'huile dans un vase. Je ramasse deux morceaux de bois, je rentre préparer pour moi et pour mon fils ce qui nous reste. Nous le mangerons, et puis nous mourrons. » Élie lui dit alors : « N'aie pas peur, va, fais ce que tu as dit. Mais d'abord cuis-moi un petit pain et apporte-le-moi, ensuite tu feras du pain pour toi et ton fils. Car ainsi parle le Seigneur, Dieu d'Israël : Jarre de farine point ne s'épuisera, vase d'huile point ne se videra, jusqu'au jour où le Seigneur donnera la pluie pour arroser la terre. » La femme alla faire ce qu'Élie lui avait demandé et, longtemps, le prophète, elle-même et son fils eurent à manger. Et la jarre de farine ne s'épuisa pas, et le vase d'huile ne se vida pas, ainsi que le Seigneur l'avait annoncé par la bouche d'Élie [29].

29. 1 R 17, 10-16.

Cette multiplication d'huile et de farine est déjà une annonce de toutes les autres multiplications que le Christ opérera. Mais plus encore, dans le vase fragile que nous sommes, nous contenons un trésor sans prix : l'Esprit Saint. Le peu que tu es et que tu peux accomplir dans le Christ est déjà grand si tu mets en pratique ce que te dit le Seigneur et ce que tu comprends de sa vie. La Colombe de feu viendra sur toi et te donnera d'accomplir, dans l'humilité, des œuvres plus grandes encore que tu ne pourrais imaginer. Il te fera souvenir de tout ce qui te convient et te guidera vers la vérité tout entière. Oui, crois profondément à la source de ton baptême, toi, l'enfant de Dieu.

La jarre de farine ne s'épuisa pas, et le vase d'huile ne se vida pas, ainsi que le Seigneur l'avait annoncé par la bouche d'Élie.

Bien des bouteilles de cette précieuse huile ont été partagées. Cinq ans plus tard, il nous en restait encore un peu… Régulièrement, nous allions chercher une bouteille pour la cuisine comme on va chercher une bonne bouteille de vin.

La Providence pour toi aussi

Tout cela doit nous donner d'avoir une grande confiance pour tous nos besoins. Cherchons le Royaume de Dieu et tout nous sera donné par surcroît.

Il est important que tout ami du Christ vive cette expérience de la Providence. Avant tout, découvre que la grande Providence est le don de ta vie. Vivre est un don de Dieu. Toi-même, sois instrument de la Providence de Dieu car la Providence se sert des instruments que nous sommes. Oui, elle ne tombe pas du Ciel mais se sert de l'attention que nous portons aux autres. Tu es alors la main providentielle de Dieu. La Providence n'est pas magique, c'est la prévenance de Dieu et des hommes.

Certains diront que c'est du hasard ? Non, c'est une question de regard, dans la foi en la Parole de Dieu : « Regardez les oiseaux du ciel, ils ne sèment ni ne récoltent […] ; vous valez bien plus qu'eux ! » (Mt 6, 26). Cette Providence n'est pas seulement pour les moines mais pour tout chrétien qui se met en position de confiance. Combien de familles pourraient aussi témoigner que Dieu les pourvoit, pas seulement matériellement mais aussi par des lumières et des grâces providentielles données par le Christ qui veille avec bonté sur leur famille.

Mais cette Providence ne nous laisse pas passifs, comme si tout nous tombait du ciel. Elle est active. Nous faisons tout ce que nous pouvons par nous-mêmes et, ce qui nous dépasse, nous l'abandonnons au Seigneur à cause du Royaume et de son annonce, et il agit. Parfois il nous faut attendre et il peut se manifester différemment de ce que nous imaginons et planifions. Mais il nous faut voir aussi ces contrariétés comme providentielles, car Dieu emploie ces difficultés non voulues de lui pour nous faire avancer dans le détachement, pour une union plus forte avec lui et pour recevoir sa paix qui vient d'en haut.

Pour conclure
Action de grâce

Pour conclure le récit de mon appel, je voudrais vous livrer quelques points qui brûlent mon cœur :

Je reçois la vie consacrée comme une vie bienheureuse avec les croix. Ces croix sont lieux de croissance et me permettent de me tourner vers le Père.

Le Christ est un allié au bonheur, il en est la source. Le commandement nouveau : « Aimez-vous les uns les autres » (Jn 15, 12) est le pivot de toute la transformation et la transfiguration du monde. « Dieu ne peut qu'aimer », disait frère Roger de Taizé.

Vivre avec le Christ nous donne de vivre quelque chose du Ciel, par anticipation. Un saint parle du monastère comme d'une petite famille ou encore comme d'un paradis. Cela peut paraître excessif, mais si vous connaissiez le bonheur que nous vivons ici à certains moments, beaucoup escaladeraient les clôtures pour nous rejoindre. J'ose écrire cela parce que la vie religieuse, si on y est appelé, est une vie bienheureuse. Elle n'est pas plus difficile que le mariage, il suffit d'être là où le Seigneur nous appelle, de répondre joyeusement et fidèlement à l'appel qui est le nôtre. Même s'il y a des croix et des limites en nous et en nos frères, le Christ ressuscité est là, vivant. Il éclaire et transfigure. Le moine a écho de toute la beauté et de la misère du monde car il retrouve cette beauté et cette misère en lui-même.

Je te rends grâce et j'offre à ta miséricorde, Jésus, toute ma vie. Avec toute la fraternité, j'intercède auprès du Père :

> Tu me donnes de voir ta lumière, ô Christ,
> même dans l'obscurité, parce que tu me dis :
> « Celui qui aime son frère demeure dans la lumière » (1 Jn 2, 10).

Ô Jésus, aide-moi à aimer comme toi,
ajuste-moi à ta mesure d'aimer. Je ne puis que t'aimer.
Comment rendrais-je au Seigneur tout le bien qu'il m'a fait ?

Ô Esprit Saint, radieux consolateur,
ton amour a été répandu en nos cœurs.
Tu infuses en nous cette capacité nouvelle d'aimer.
Quand les apôtres furent remplis de la sainte ivresse
de l'Esprit Saint,
ils furent remplis de la force d'aimer, d'annoncer,
jusqu'à la sainteté.
Une ivresse profonde les a réveillés, comme par un baiser.
Une source traverse l'Église.
Cette eau bienfaisante coule pour qui le veut.
Les apôtres d'aujourd'hui sont plongés dans cette eau limpide,
et ils se laissent marquer du sceau de l'amour,
de ta croix qui sauve.
« Seigneur, avec ta houlette, sois le pasteur de ton peuple,
du troupeau qui t'appartient » (Mi 7, 14).
Ô Christ, tout le monde te cherche.
Ton humilité apporte la paix du cœur, crée la communion.

Église, ma toute belle, je suis tout à toi.

Paix et joie à toi, mon frère, ma sœur, qui me lis. Reçois mon humble prière.

Table des matières

Fraternité de Tibériade
5580 Lavaux-Sainte-Anne
Belgique
Fax : 0032/(0) 84 38 71 91
Internet : www.tiberiade.be

*Pour faire connaissance
avec la Fraternité, bienvenue
aux vêpres à 16 heures le dimanche.
Un goûter vous sera offert ensuite
par les frères et sœurs.*

Achevé d'imprimer
par l'Imprimerie Darantière
en septembre 2009

Dépôt légal : mars 2009
N° d'impression : 29-1287

Imprimé en France